PERIGO NA ESQUINA

TAILOR DINIZ

PERIGO NA ESQUINA

L&PM EDITORES

Texto de acordo com a nova ortografia.

Capa: Ivan Pinheiro Machado
Imagens da capa: iStock (irinabogomolova)
Preparação: Marianne Scholze
Revisão: Luiza Gressler

CIP-Brasil. Catalogação na Publicação
Sindicato Nacional dos Editores de Livros, RJ.

D613p

Diniz, Tailor Netto, 1955-
Perigo na esquina / Tailor Netto Diniz. – 1. ed. – Porto Alegre [RS]: L&PM, 2025.
248 p. ; 21 cm.

ISBN 978-65-5666-610-5

1. Ficção brasileira. I. Título.

25-99989.0 CDD: B869.3
CDU: 82-3(81)

Carla Rosa Martins Gonçalves - Bibliotecária - CRB-7/4782

Rua Comendador Coruja, 314, loja 9 – Floresta – 90.220-180
Porto Alegre – RS – Brasil / Fone: 51.3225.5777

PEDIDOS & DEPTO. COMERCIAL: vendas@lpm.com.br
FALE CONOSCO: info@lpm.com.br
www.lpm.com.br

Impresso no Brasil
Primavera de 2025

“Se o seu olho direito o fizer pecar,
arranque-o e lance-o fora.”

(Mateus 5:29)

1

Ela baixou os olhos e sorriu, como quem, de mentirinha, censura a perfídia do próprio pensamento.

Levantei a persiana e olhei para fora. A malucada toda na orla. Pôr do sol, uma porra. Vejo isso aqui todos os dias, e minha vida até agora não mudou em nada. Nem para melhor, nem para pior. Aí o louco estufa o peito, vai lá e diz que é o mais bonito do mundo.

O ar vindo do rio, sim, é bom. Mas também não dá para dizer que seja o paraíso das grandes façanhas. É bom porque é bom. E porque é substantivo. Está mais fresco que o ar parado daqui de dentro. Quando entra pela janela, deixa a vida mais suportável. E deu, ficamos por aí nas ufanias da nossa fugaz existência.

Pego as fotografias que o pastor me deixou e olho-as a favor da luz. Júlio César se chama o boneco. Quando disse o nome, senti algo nos olhos empastados dele. Aí tem mais coisa do que simplesmente um filho que saiu de casa há mais de dez anos. Essa me pareceu a primeira e grande verdade. E continuará sendo até eu botar as duas mãos na história dele com o tal filho.

O pastor veio com a mulher. Os cabelos negros em um coque, roupa sóbria, blusa abotoada até o pescoço, punhos fechados, saia abaixo dos joelhos, sapatos baixos, a cara de crente, a postura de crente, as mãos de crente, o jeito crente de sentar. Mas paro aí. Essas aparências, para mim, no entanto, são perda de tempo. Quando tiro para pensar alguma coisa fora da curva, vou fundo. Ninguém me tira da cabeça a minhoca que aqui chafurda sem censura, na lama impura do meu cérebro abandidado.

Nem foi preciso eu despi-la nas minhas futuras fantasias para ver que ali, naquele corpo de Deus, havia um vão obscuro pedindo para ser mapeado sob a luz da razão sartreana. Havia algo mais que mariposas se debatendo na luz do poste. Não vou dizer que fosse coisa do demônio. Mas santa? Nem pensar.

Já tirei a sua roupa nesses pensamentos meus, sussurrava o bom Wando no radinho de pilhas, onde a música não para, no outro lado do meu modesto biombo de brocados indianos.

Em plano-sequência às minhas suspeitas, ela mesma se despiria minutos depois, por sua conta e risco, enquanto o marido falava do filho desaparecido. As cortinas do palco se escancararam sobre o largo ombro do pastor ao se cruzarem o olhar dela com o meu, num descuido ligeiro, quando nos olhamos por acaso e sem querer. Ela baixou os olhos e sorriu, como quem, de mentirinha, censura a perfídia do próprio pensamento. Estava confirmado meu parecer. Com reconhecimento de firma, rubrica e carimbo do cartório de registros.

O olhar tem poder, me diria depois a Camila Queiroz, com aquela cara bandida que só ela tem.

Eles marcaram hora por telefone. Viram meu anúncio na internet, o que era verdade. Anuncio lá, faz tempo. Marcaram e chegaram pontualmente. Comecei gostando deles por causa da pontualidade. E por outro detalhe, que, a posteriori, poderá se revelar muito mais do que um detalhe, detalhes tão pequenos de nós dois, sobre o qual ainda é prematuro falar.

O pastor me apertou a mão.

– Pastor Ediraltino Canassanta, muito prazer.

Virou-se para trás.

– Minha mulher, Solange Canassanta.

Me lembrei da bispa Solange (ou seria Sônia?), aquela que teve problemas com a justiça dos Estados Unidos – e a polícia de lá, por uns tempos, a manteve atrás das grades. Mas muito diferente de fisionomia. Eu diria que para melhor, embora a bispa bandida não fosse de se jogar nos contêineres de calçada da prefeitura municipal.

Solange me estendeu a mão. Não sorriu, apenas esgarçou os lábios. Disse muito prazer quase sem abrir a boca. E a primeira impressão que tivera dela ao vê-la entrar se confirmaria, agora, já nas primeiras palavras pronunciadas. Era a cara da Araceli, sem tirar nem pôr.

Meu coração deu um pulo, desculpem o lugar-comum. Um coração aos pulos é um coração aos pulos, aqui e alhures. E estamos conversados, não vamos espichar o assunto, meu professor.

Senti no interior mais profundo da caixa torácica um salto triplo mortal carpado. E não foi porque pensasse que a mulher do pastor Ediraltino pudesse ser Araceli. Seria impossível. Mas porque, sendo a cara de Araceli, algo me dizia, agora não tão bem lá no fundo, que num futuro não muito distante eu poderia vir a ter sérios problemas com ela. Bastaria o bom pastor Ediraltino baixar a guarda. E nos dar uma chance.

Araceli é uma argentina que sigo no Instagram. Descobri-a por acaso, na postagem de um fotógrafo alemão. O sujeito é um especialista em nus femininos que diariamente mapeia modelos de todo o planeta. Ou seja: tem dinheiro, tem tempo e usa seu tempo e grana para uma causa nobre. Fosse outro, se ocuparia em ficar por aí, destilando amargura e frustração no Facebook dos amigos e desconhecidos.

Para se ter uma ideia, Araceli, além de uma boca que, por si só, é uma referência ao mais extraordinário ato de despudor, tem tatuada na extensão das costas uma imensa folha de maconha. É dançarina em uma boate de Buenos Aires e parece que tudo o que faz da vida é dançar, fechar um beck e postar no Instagram peitos e bundas, com biquíni, sem biquíni, de costas e de frente, dia e noite, como se nunca dormisse. À noite, de cinco em cinco minutos, posta um *story* em poses provocantes enquanto dança diante de homens e mulheres boquiabertos com suas curvas, agarrada a uma haste de metal paralela ao balcão do bar. Coisa de louco. Linda só de ver.

Era, portanto, com essa pública agente da libido que se parecia a mulher do cretino do pastor Ediraltino, o pastor que se apresentava à minha frente com uma cara de caipira que perdeu o bonde, com três fotos do filho na mão, implorando para eu encontrá-lo, nem que fosse no fim do mundo, às vésperas do Juízo Final.

Eu fiz sinal para se sentarem. Ele olhou em volta, as pequenas paredes, os móveis, uma poltrona, uma cadeira e uma mesa minúscula, um tapete tigrado no chão e uma pintura a óleo às minhas costas. E fez uma expressão de quem se sentia em casa, ou no púlpito da sua própria igreja, acolhido nos braços de Jesus com os bolsos abarrotados de dinheiro.

Depois disse, soltando todo o ar dos pulmões:

– Pensei em encontrar aqui um escritório daqueles dos livros policiais. Uma placa torta sobre a porta carcomida de cupins, uma sala sombria, suja e cheirando a álcool e a cigarro barato. Mas isso aqui me parece a sala de espera de um... – pensou um pouco – de um arquiteto, de um oftalmo, de um cirurgião plástico.

Realmente, o bandido tinha boa percepção das coisas. Claro, se não tivesse, não seria pastor. Estaria na estiva, carregando sacos de sessenta na cabeça, cheio de dívidas no armazém da esquina, ou trabalhando de empregado, sonhando com uma trampa qualquer para entrar na Justiça e levar uns trocos do patrão, que eles merecem. Advogado bandido e juiz bandido para botar na cabeça da corriola esse tipo de sonho de vida é que não falta. É assim que garantem o deles também, tendo a massa de manobra na mão. Mas essa já é outra história, que não me diz mais respeito.

Quando montei meu espaço, minha intenção foi mesmo fugir do estereótipo. Quis criar um ambiente diferente do convencional, longe daquilo que se imagina encontrar no escritório de um detetive particular do baixo clero.

– A gente chega lá na frente, vê o prédio e não tem como imaginar que aqui dentro o aspecto é outro, limpo, de bom gosto e com cheiro de coisa nova – ele acrescentou.

Foi nesse momento que Araceli, é assim que passarei a chamá-la a partir de agora, foi aí que o olhar da ex-Solange bateu com o meu, por cima do ombro do pastor. Então eu disse, com um certo afeto, redirecionando os olhos à atenção dele:

– Gosto de coisas assim, como disse o amigo, limpas e com cheiro de novas. Digamos que este meu cantinho aqui não deixa de ser uma metáfora da vida.

Ele franziu o cenho, ajustou a gravata com a mão esquerda, um cacoete que logo identifiquei pela repetição, e avançou o rosto para demonstrar que as minhas palavras lhe interessavam acima do normal.

Observei um tempo de pausa para a justa acomodação das melancias na carroça e lasquei:

– Nada impede que uma pessoa feia por fora seja bonita por dentro.

Fiz um sinal com as mãos em círculo, como se aquele movimento abrangesse todo o espaço que nos acolhia, e segui adiante, pelo mesmo caminho:

– Poucas pessoas que moram aqui sabem disso. Que aqui em cima, no sétimo andar, vive a alma iluminada desse prédio decadente e absurdo.

O pastor abriu um sorriso. E tive certeza, pela cara dele, de que no próximo culto, naquele dia mesmo, iria usar essa baboseira para consagrar Jesus diante de seus seguidores. Ou para escrever um livro, desses que vendem ilusões como pão quente em livrarias de aeroporto e enchem as burras do editor. Araceli concordou com a cabeça. E sorriu, agora abrindo levemente a boca. Não duvido que também compactuando com o meu pensamento: que Ediraltino, tão logo surgisse uma oportunidade, tomaria para si as minhas palavras e trapacearia com saliva fresca o primeiro pobre diabo que encontrasse pela frente.

Ela devia conhecer a aldeia mais que o cacique, o morubixaba e os demais habitantes.

Sorriu, e o Eterno é testemunha do que vi. Ali, naquele corpo do demônio, havia um detalhe a mais a se somar aos já citados para transformá-la numa replicante da argentina do Instagram. Um sutil espaço entre um incisivo e outro se insurgiu por trás da grossura dos lábios, como se através daquele ponto obscuro ela tivesse uma terceira visão. E por ali pudesse observar com mais clareza as imperdoáveis perfídias do mundo. Em seguida, num suave movimento, os lábios voltaram a se fechar. E ficaram a me mirar apenas os dois olhos negros, outro ingrediente a desenhar em fogo alto na minha retina aquela edificação aleatória da natureza profunda.

É nessa monumental figura que penso, agora, em frente à janela, com as fotos do filho do pastor na mão, enquanto a malucada toda se fode com o pôr do sol do Guaíba, no outro lado da avenida. Preciso me organizar, mas é difícil. Está pesado alinhar algum pensamento coerente sem que minha cabeça seja invadida pela estampa de Araceli, que, para piorar, representa duas. São duas siamesas ligadas por um laço invisível a me perturbar a vida, sem previsão de sossego para as próximas horas.

Aceitei de pronto o trabalho. Para não perder o contato com Araceli eu faria qualquer coisa, lamberia fio de navalha Solingen ou me jogaria da chaminé do Gasômetro, e de graça. Mas como ao longo da vida aprendi que antes de optar por algo arriscado não custa tentar o imponderável, pedi bem, uma grana grossa. E levei.

O pastor Ediraltino estava mesmo atormentando e topou. Mas não vou ter moleza. O homem de Jesus, pelo visto, vai me exigir como se exige de um pecador. Tem cara de chato e pé no saco. Não fosse assim, claro, estaria na construção civil, pendurado num jaú, erguendo prédios bacanas no Moinhos de Vento e ganhando por semana uma merreca de entristecer o bondoso coração do senhor.

Ele meteu a mão no bolso, se virou para Araceli, quase às suas costas, e falou alguma coisa. Senti que, ao mesmo tempo, ele contava algumas notas e as separava, sem que eu visse. Discreto, o cretino. Enfiou um dos maços num envelope pardo e guardou-o no bolso interno do paletó.

Virou-se de volta e me disse, sem rodeios, que não exigia nota fiscal. Ótimo, eu disse, pois também, como homem de bem, não sou de dar bobeira nessa história das declarações. Eu procurava não olhar para Araceli, mas via que ela não tirava os olhos do meu rosto, estivesse eu falando ou ouvindo o pastor.

Ele meteu a mão no bolso interno do paletó e perguntou:

– O irmão não se importa...? – fez uma pausa. – O amigo não se importa de eu chamá-lo de irmão?

Eu sorri e cruzei os olhos com os de Araceli.

– Só tenho uma coisa da qual não gostaria de ser chamado.

– Qual?

– Pode me chamar de gado, de corno, de petralha, de filho da puta, de tudo. Menos de ladrão.

O pastor riu.

Não olhei para Araceli, mas vi que ficou séria. Ela conhecia a aldeia, como já alertei, e sorrir muito das minhas bobagens não seria um caminho sensato para ser escancarado diante de seu pezinho de princesa.

– Fique tranquilo, *irmão*. Certamente, eu não teria motivos para chamá-lo assim – ele disse.

Enquanto falávamos, ele retirou o envelope pardo do bolso e voltou à pergunta inicial.

– O irmão se importaria... de receber o adiantamento em dólares?

Fui alargar um sorriso de orelha a orelha, mas, de súbito, uma entidade bem-aventurada, lá do além-mundo, me soprou no ouvido: "te controla, animal".

E fechei o rosto, como se dólar ou real nas minhas atuais circunstâncias fosse como ter que escolher entre um bem-te-vi de ouro na mão ou um penoso voando, e dizer que aquilo era irrelevante.

– Sem problemas – me limitei a dizer, com a cara fechada, mas sem demonstrar contrariedade. Vamos que o cretino mudasse de ideia para não me desapontar.

E estendi a mão para pegar o envelope, que coloquei direto na gaveta.

O pastor, então, me chamou a atenção.

– Eu gostaria que o irmão conferisse.

Eu sorri.

– Eu confio no irmão.

– Eu também confio no irmão. E sei que o irmão confia em mim. Mas tenho medo das circunstâncias. Vamos que alguém, por algum descuido, mexa antes no envelope, sem o irmão saber...

Gostei do "por algum descuido". Tinha método, o bandido. O certo é que para bobo não servia.

Entendi sua preocupação. Não ia espichar conversa dizendo que moro sozinho. Peguei o envelope de volta. Enquanto contava os dólares, vi que ele observava a parede às minhas costas, onde eu reproduzira, de fora a fora, do teto ao solo, de parede a parede, uma pintura a óleo sobre tela que eu pintara na juventude e da qual gostava muito, apesar da dúvida sobre sua qualidade.

Era um desenho de estilo modernista, um conjunto de figuras geométricas de linhas retas, em variadas combinações pastéis, que, dependendo do jeito de olhar, formava um grande triângulo escaleno inclinado, cercado de outros menores, sugerindo uma terceira dimensão num de seus lados. Aquilo surgiu ao natural, sem eu programar, sem rascunhos, e me impressionou por bastante tempo. Talvez fosse uma revelação, um sinal. Ao pé do triângulo maior, pintei um gato estilizado. Preto, a cara tipo máscara de teatro, os olhos verdes fixos em quem o olhasse.

E era o gato que o pastor mirava naquele momento.

Quando terminei de contar as verdinhas e levantei o rosto, ele disse:

– Bonito quadro. O gato tem um olhar meio sinistro.

– Eu mesmo pintei.

Ele ficou surpreso. Araceli também, pude perceber com um canto do olho.

– Deve ter dado bastante trabalho. A parede toda.

– Aquilo que a gente faz por amor não dá trabalho.

Eu vinha mesmo disposto a arrebentar.

Araceli sorriu. Concordou com a cabeça. Senti que havia gostado da frase. E isso só podia ser coisa boa. Mas em seguida fechou o rosto, também olhando o painel.

O pastor continuou, depois de alguns segundos de reflexão.

– O irmão é satanista?

Respondi sem pensar:

– Não que eu saiba.

Ele pensou um pouco, sem tirar os olhos da pintura.

– Mas gosta de gatos?

Ia dizer "gosto mesmo é dos Beatles", mas por prudência preferi perder a piada.

– Para falar a verdade – eu disse –, não gosto nem um pouco de gatos. Minha paixão mesmo é por cachorro.

Ele enrugou a testa. As pontas das espessas sobrancelhas quase se tocaram uma na outra.

– Mas, então...?

– São as circunstâncias, querido irmão.

Ele não entendia. "São as circunstâncias" é um recurso infalível para causar impressão no interlocutor.

– Veja o senhor que não sei desenhar cachorro. Não é por falta de tentativas. Tudo o que faço imaginando um cachorro sai qualquer coisa ridícula, um porco, um coelho, um mamute, um escorpião, até uma galinha. Menos um cachorro.

Foi dessa vez que vi Araceli sorrir pela primeira vez de forma escancarada. Tive novamente a impressão de que era por ali, pelo pequeno vão entre os incisivos, que ela enxergava o ardil das coisas invisíveis. Aquele pequeno vão era o símbolo de um oitavo sentido, que ia além de todas as outras naturais qualidades programadas por Deus quando, dizem os pilantras, teve a ideia de criar a mulher a partir da costela de um homem.

Continuei, gratificado com o gesto:

– E... com meia dúzia de traços, um gato eu deixo igual a um gato, mesmo que, no fundo, não se pareça com um gato.

O pastor Ediraltino movimentou positivamente a cabeça, com os olhos ainda no animal às minhas costas. Parecia hipnotizado. Mas deixa para lá. Isso já era coisa perturbada do meu cérebro. Todavia, não deixei de lembrar da minha primeira sensação ao ver o quadro pronto, aquele grande triângulo nascendo em terceira dimensão a cada pincelada sem que antes nada parecido eu tivesse programado.

Não demorou para Araceli apagar a luz do sorriso e juntar os lábios um ao outro novamente. Fez aquilo com a suavidade de um pássaro branco planando na lonjura do céu. Nos minutos seguintes, passou a me olhar apenas com o negrume protocolar das pupilas, como se, por enquanto, não precisasse de outro artifício para me mirar com suposto encanto.

Nesse momento, me dei conta de que estava focado demais nela, deixando desguarnecida a questão principal. Algumas perguntas deviam ser feitas ao pastor. De algumas informações sobre o filho dele eu precisava para ter condições mínimas de iniciar meu trabalho. Sair Porto Alegre afora somente com aquelas fotos na mão seria dar um tiro na lua. Até porque, certamente, foram tiradas quando ele ainda morava em casa, ou seja, havia dez anos. E em dez anos muita coisa muda. Mesmo sem intervenções – digamos – estéticas, as aparências se transformam: o corte de cabelos, uma possível barba, o formato da face, o preenchimento dos lábios.

Perguntei a Ediraltino se ele nunca mais havia visto o filho, ele respondeu secamente que não.

– Nem obteve notícias sobre seu paradeiro?– insisti.

– Não.

– Ele teria manifestado previamente ao senhor ou a alguém que estava pensando em sair de casa?

– Não.

– O senhor, certamente, então, nem soube os motivos de sua decisão?

– Também não.

– Nem imagina?

– Não. – Ele fez uma pausa, olhou para Araceli, depois para mim. – Meu filho nos abandonou, tomou uma decisão pessoal, e isso para mim foi um basta. Para lhe falar a verdade, ele nunca mais ocupou meus pensamentos. Procurei apagá-lo do coração também, se era isso o que ele queria. Inclusive, se nesse tempo o tivesse encontrado na rua, certamente não teria feito questão de reconhecê-lo. Bani ele da minha vida, deletei. Hoje, por mais que queira, não imagino como é ou como seria a sua cara.

– Passou a negá-lo...

– Exatamente. Ele deixou de existir para mim, física e espiritualmente.

– E agora? – eu disse. – Por que quer reencontrá-lo?

Ele não disfarçou a irritação. Mas se recompôs em seguida, para não quebrantar o clima de cordialidade que procurava manter desde sua chegada. E disse:

– São motivos pessoais, meu amigo. Restritos à nossa intimidade, que eu gostaria de preservar. E não acho que saber ou não dos motivos do meu interesse em procurá-lo possa interferir no seu trabalho, caro Boccanera.

Percebi que ele torceu o pescoço e fez um rápido sinal na direção de Araceli. Olhou o relógio e se levantou abruptamente. Parecia ter se lembrado de um compromisso importante, para o qual estaria atrasado. Aquela coisa manjada que, apesar de a gente conhecer, acaba sempre parecendo natural no fim de uma conversa que se esgota em si mesma.

Com o braço esticado, Ediraltino me ofereceu a mão aberta. Retribuí o gesto e nos cumprimentamos. Ainda segurando a minha mão, me encarou de um jeito que lembrou um boxeador marrento, que olha para o adversário durante a pesagem e faz uma cara de mau para as fotos de divulgação da luta.

– Meu irmão Boccanera – ele disse. – Não é preciso adverti-lo de que exijo sigilo total sobre o nosso negócio.

Demorou nas sílabas quando pronunciou a palavra "negócio". E continuou:

– Qualquer mácula nesta questão, a do sigilo, será tomada como um rompimento de relações. Não exigirei o adiantamento de volta. Mas o nosso negócio estará desfeito. – Aí ele fez uma pausa, o cretino. – Com as devidas e oportunas consequências que esse rompimento nos acarretará.

Na verdade, o tom soturno no rosto de Araceli, sobre o ombro dele, foi o que mais me desalentou durante a advertência. E fiquei com medo de que, se algo acontecesse, ela optasse por não ficar do meu lado na hora da verdade. Eu tinha acabado de conhecê-la, mas, lá no fundo, já a imaginava do meu lado, algo como minha parceira numa batalha contra o mal, viesse de onde viesse. E poderia estar enganado.

Eu disse a Ediraltino Canassanta que não se preocupasse. A minha principal virtude como profissional, e como pessoa também, era exatamente essa, a fidelidade e o sigilo total, fossem quais fossem as circunstâncias.

Ele continuou a me olhar, mas com uma expressão menos ameaçadora.

– O senhor não vai se arrepender, irmão Boccanera. Desde que nos favoreçam as boas circunstâncias.

Percebi que o cretino gostava da palavra "circunstância".

Deu meia-volta, pegou Araceli pela mão e sorriu para ela, que retribuiu o sorriso na mesma medida. A impressão que tive foi de que aqueles dois juntos enganariam até Jesus pregado na cruz, se fosse preciso.

– Vou lhe fazer um relatório a cada três dias. Ou chamá-lo imediatamente se houver algo conclusivo – eu disse.

– Para mim está bom.

Levantei-me e fui abrir a porta. Acompanhei-os até o elevador. Quando voltei ao escritório, aspirei fundo o perfume dela remanescente no ar. Até a noite, eu ainda identificava o seu cheiro na atmosfera do apartamento. Às vezes, me sentia apaziguado ao revisitar as boas lembranças da sua presença. Em especial o sorriso e os olhares por cima do ombro do marido. Em outros momentos, porém, uma sombra cruzava o espaço, sem que eu identificasse a origem, e deixava para trás um rastro obscuro de sobressaltos e medos.

2

Olho para o envelope e algo me diz que amanhã já poderei comprar coisa melhor. Bebo Old King não por falta de bom gosto. Isso eu tenho. O que me falta é capital de giro.

A Araceli argentina tem a boca da Anitta pós-preenchimento, mas sem o preenchimento. Ao natural, sabe? Sem deixar a impressão de que algo espetacular está em despropósito naquela bocona desabrochada, como se uma parte obscena do corpo tivesse ido parar ali, por conta própria, sem ninguém tê-la conduzido. Em Araceli, ao contrário, tudo saía ao natural. Nada estava fora do lugar. Tanto o bocão quanto aquela imensa folha de maconha tatuada nas costas. A folha parecia ter nascido com ela, mais dela do que a própria placenta e o cordão umbilical.

É preciso repetir que, quando falo de Araceli, falo das duas, da mulher do pastor e da argentina do Instagram. Com a diferença de que nas costas da pastora Solange Canassanta não há de se estampar tatuada uma folha de maconha. Talvez o rosto de Cristo, do pastor Canassanta ou uma nota de cem dólares, mas isso nós vamos ver.

Se alguém tiver dificuldade para imaginar a Araceli argentina a partir de meras palavras ao vento, vá lá e digite "Araceli". E procure por ela, pelo vão entre os dois incisivos, pela maconha tatuada, e me conte depois, se tenho ou não razão na vã altissonância do meu entusiasmo.

É noite e a malucada continua na orla. Nem me dei conta do tempo correndo. Um grupo de pagode canta ao longe, meu coração está pedindo bis. Olho para o envelope de dólares sobre a mesinha de centro, ao lado de uma garrafa de Old King. Hoje, a noite tem que ser de uísque, eu penso. Pego um copo alto do armário e encho de gelo. Deito uísque dentro, e o estalo seco do gelo ao receber em cima um jorro daquele líquido ambarino e morno me enche de prazer. Olho para o envelope e algo me diz que amanhã já poderei comprar coisa melhor. Bebo Old King não por falta de bom gosto. Isso eu tenho. O que me falta é capital de giro. Capital para levar em alto nível a vida que Deus me deu e da qual, para falar bem a verdade, não tenho cara de pau para reclamar.

Sou saudável, nunca fui ao médico e, na medida do possível, tenho aproveitado bem as boas oportunidades que a mim têm se apresentado. Sei que para bonito não sirvo. Mas sou espirituoso. E as mulheres gostam de homens dessa estirpe. Entre um feio de alto astral e um galã raso e atormentado, adivinha quem elas escolheriam para passar um fim de semana de chuva e frio na casa dos pais na Serra Gaúcha? Não tendo charme para esbanjar nas caras noites do Moinhos de Vento, é nisso que me agarro e me sinto resolvido.

Tomo um longo gole, que desce rachando, e imagino que amanhã tudo vai ser diferente, você tem que aprender a ser gente, como diria o Rei no meu radinho de pilhas pendurado no puxador do roupeiro. Vou qualificar meu estoque de etílicos – já que estou no inferno, vou me permitir um tapa na cara do diabo.

A esta hora, o mercadinho do térreo já está fechado e me deixa de mãos amarradas se quiser comprar algo para a despensa. Por enquanto, tem que ser com o que tenho na mão. Além do mais, nada que esteja dentro de uma garrafa lá é garantido quanto à procedência. Ali, a mão no fogo eu só boto pelo cacetinho, feito de hora em hora, numa máquina comprada de contrabando pelo portuga Evilázio, o maior sucesso do bairro, no momento.

Na verdade, agora preciso mesmo é de um ouvido para me ouvir. Algo para me dar a sensação de que não estou só no mundo, no desamparo de uma sarjeta da cidade entulhada de escombros cotidianos.

Olho o telefone para ver se tem um *story* novo da Araceli. E tem, sempre tem. Lá está ela de frente para a janela aberta, meio de perfil, a folha de maconha nas costas, num vai e vem do tronco torneado, como se fosse voar a qualquer momento. Sobre a imagem, uma frase piscante, de derreter a mais compacta resistência ao mundo dito profano: "*No me sirven las palabras. Gemir es lo mejor*".

Pego o telefone e digito um número. A Camila Queiroz atende no segundo toque.

– Fala, Boquinha! – ela diz.

Antes que se estabeleça alguma imprecisa confusão, é preciso dizer: Camila Queiroz é uma garota de programa que faz ponto a uma quadra daqui. Tem uma pinta grande na face esquerda e outra menor, na face oposta, quase ao lado do nariz, na mesma posição das pintinhas da Queiroz original.

A Camila Queiroz, cujo nome é esse de batismo, me chama de Boquinha, um jeito carinhoso de me tratar, já que somos amigos de anos, de usar o banheiro de porta aberta, seja para qual for a inadiável necessidade. Nunca rolou sexo, e é aí que está a sustância da nossa amizade. Não é por falta de vontade. Vontade nós sempre tivemos, e continuaremos a ter. Mas a gente sabe. Rolou sexo, dançou a amizade. E decidimos assim, de comum acordo. Apesar do desejo, amizade eterna.

Eu digo:

– Camilinha, vem pra cá. Preciso de você, mais do que nunca.

Ela dá uma gargalhada.

– Tá de brincadeira comigo, bonitão? Fala sério. Só fiz um programa até agora, mesmo assim meia-boca. Amanhã é dia de pagar as contas, tá ligado?

Eu me levanto e olho pela janela. Ainda tem uma malucada na orla. No canteiro central da avenida, um doido solitário, abraçado a um violão, canta com voz de Nelson Ned: "receba as flores que lhe dou, e em cada flor um beijo meu"...

Então, tomo uma decisão drástica. E digo para a Camila Queiroz:

– Calcula o que daria de programas até a madrugada e vem.

Ela silencia. Chego a pensar que desligou. Depois diz:

– A coisa tá feia mesmo, hein, Boccanera? Tô indo.

Tomo outro gole. Volto à janela e já vejo a Camila Queiroz dobrando a esquina, bolsinha prateada a tiracolo, meia arrastão, salto alto, as longas pernas trocando os passos como se estivesse na passarela da São Paulo Fashion Week, sob os aplausos de patricinhas ensandecidas. Olha para cima e acena com a mão. Abre um sorriso. E aquilo, para falar a verdade, aquele gesto da Camilinha, é a graça da qual eu preciso para acalmar o espírito e pensar que a vida tem jeito, sim. Que afeto para dar e receber, na hora certa, se não resolve, ameniza a angústia e a dor de estar só e desamparado no centro da terra plana. As amizades, suas possibilidades e seus subprodutos são bem melhores do que sexo, irmão. Privilegiados são aqueles que as têm ao alcance da mão. E eu tenho.

A Camila Queiroz lá embaixo, linda e exuberante, meio minuto antes de entrar pela minha porta, era um prenúncio de felicidade pairando no ar. E continuaria a ser depois de entrar, por tempo indeterminado, sem querer exagerar na autoconfiança.

Camilinha se aproximava de boa vontade, sem interesses espúrios, para compartilhar comigo um uísque de quinta e me acalmar a alma. Não preciso de mais nada na vida. Ser feliz é isso. É poder dizer "estou satisfeito com o que agora está ao alcance da mão". E a Camila Queiroz é o que tenho para o momento, e não preciso de mais nada. Foda-se o resto. Inclusive o pôr do sol do Guaíba, o chimarrão de erva buena e a estátua do Laçador, esteja onde estiver. Respeito quem se emociona, mas eu fora. Meu negócio agora, a curtíssimo prazo, é a amizade e a companhia da Camilinha.

Ela entra no exato instante em que sintonizo o rádio na Caiçara AM e o Rei canta "aquela blusa, que você usava, num canto qualquer tranquila esperava".

Me beija de selinho e pede para tomar banho.

Seu único programa da noite foi na casa de um coroa com jeito de barra-pesada, uma mistura fina entre filhinho de mamãe e psicopata louco para fazer uma bobagem definitiva a qualquer momento. Aquele maluco a quem só falta uma oportunidade na hora certa para desgraçar a sua própria vida e a vida de uma família inteira. Camilinha não quis dar bandeira no apê do sujeito. Camarão que dorme na onda acaba, no dia seguinte, mergulhado no molho de linguado à *belle meunière* em restaurante de turista. O boneco gozou doidão, e ela aproveitou aquela bobeira pós-coito, quando o sujeito fica meio derreado, e caiu fora. Sem banho mesmo.

Camila Queiroz toma banho de porta aberta. Não tem essas preocupações comigo. Me sirvo de mais uísque enquanto ouço o barulho do chuveiro, a água quente caindo nas costas dela. Da janela aberta vem a mistura de sons da orla, gritos, conversas, mistura de músicas de todo tipo, o repicar insistente de um bombo leguero a perturbar ainda mais o ambiente. A avenida foi reaberta, e o som de motores se soma aos demais, numa sinfonia à qual estou acostumado e já não me incomoda tanto. Se me tirarem, vou até sentir falta.

Camilinha fecha o chuveiro e grita lá de dentro.

– Alcança a minha toalha, deixei na área de serviço.

Aqui em casa ela tem tudo à mão. Até roupa, se precisar trocar.

Pego a toalha e levo até o banheiro. Ela abre a porta do box. Não evito de vê-la quase inteira, da cabeça aos quadris, os cabelos molhados sobre a pele ainda escorrendo a água que desce pelos seios e lhe alcança a quase angelical saliência do púbis. Viro-me e volto para o sofá. O corpo da Camilinha é espantoso. Chega a ser mais bonito do que o da homônima. Tomo mais um gole e ouço os passos dela vindo às minhas costas.

Enxuga-se na minha frente. Pega o copo e toma um longo gole. Depois, enrola a toalha na cabeça e senta-se ao meu lado, sem se vestir. Pergunta qual é o meu problema, para eu chamá-la daquele jeito, bancando todas as despesas da noite.

Aponto para o envelope pardo sobre a mesa. Ela faz uma expressão interrogativa. Mando ela abrir. Ela avança o corpo na direção da mesa e seus seios pendem levemente, firmes e ainda úmidos.

Camilinha abre o envelope e solta um grito de espanto.

– Um cliente novo – eu digo, antes de ela perguntar qualquer coisa.

Ela arregala os olhos. Remexe nas notas e as apalpa como se para verificar se são verdadeiras. E diz:

– É de um cliente desses que estou precisando, detetive Boccanera!

Pego as três fotos do filho do pastor Ediraltino e mostro a ela.

– Te parece familiar, parecido com alguém que conheça?

Ela olha as três fotos na mesma sequência que lhe entreguei, alterna a ordem, olha-as de novo. Levanta-se e vai se sentar numa cadeira de praia, à minha frente. Suas nádegas parecem ter sido feitas à mão. Tenho a impressão de que Michelangelo botou ali a destreza de seus dez dedos na hora do acabamento. E deve ter ficado feliz com o resultado. Desvio o pensamento tão logo ela senta-se, embora seus seios agora estejam livres, frente a frente com a retina dos meus olhos.

Espero pela resposta dela.

– Essa grana aí é para você encontrá-lo?

Faço que sim com a cabeça:

– É a metade. Quando encontrá-lo, recebo o resto.

Ela olha de novo as fotos.

– Para te falar bem a verdade, não é uma fisionomia estranha.

Ela não se desvia das fotos. Ajusta a toalha na cabeça.

– Mas passa tanta criatura na vida da gente... Às vezes a gente pensa que já viu. Mas, vai ver depois, é um estranho. Em outras, a gente viu várias vezes e na hora não se lembra.

Eu explico que é filho de um pastor evangélico. Saiu de casa há dez anos. Ele nunca mais o encontrou. Hoje, talvez movido por algum peso de consciência, quer vê-lo a todo custo. Em dez anos as fisionomias mudam, e ele agora, apesar de ter tentado apagá-lo da memória, tem medo de não reconhecê-lo se o encontrar. Muito estranho. Por isso, pediu a ajuda de um profissional.

– E paga bem por isso – completou Camilinha, um ar irônico no rosto.

– Exatamente. O cara parece ter muita farinha no saco.

Ela continua irônica.

– Se é pastor mesmo, tem muito mais que farinha no saco.

Tira a toalha da cabeça e esfrega os cabelos para enxugá-los mais depressa. Larga-a sobre o colo, e eu gosto da imagem dela assim, com o púbis encoberto. Meus olhos não ficam a todo instante tentados a olhar a flor exuberante do seu sexo, ali tão perto.

– Você já sabe por onde começar? – ela pergunta.

Eu solto um suspiro. Ela se levanta e vai até o meu armário.

As nádegas feitas à mão, as longas pernas de Camila Queiroz percorrendo com estilo a pequena distância entre o sofá e o armário me fazem encher o peito de ar. Me dão um certo orgulho de tê-la ali, no meu modesto JK, compartilhando comigo o monumental caráter da sua intimidade. Abre uma gaveta e pega uma calcinha e uma camiseta. Veste a calcinha e a camiseta. Nessa ordem. Volta a se sentar na minha frente.

Melhor assim, com o termômetro da tentação se acomodando em grau mais baixo.

– Estou começando por você – eu digo.

Ela ri com gosto.

– Não sei se é um bom começo. Mas, se for para levantar uma grana desse pastor, conta comigo, bonitão. Vou puxar pela memória.

Camilinha pega de novo as fotos. Olha-as agora com mais interesse.

– O pastor deu alguma pista?

– Não, mas a mulher dele, pela cara, pode ter indicado alguma coisa. Perguntei se ele sabia os motivos que tinham levado o filho a sair de casa, ele disse que não, não tinha a menor ideia. Mas a cara, o olhar dela, por trás dele, a expressão do rosto dela, por cima do ombro dele, me fez pensar o contrário. Ele sabia, sim. Só não queria admitir. Por algum motivo, religioso, moral, de algum arrependimento, ele não quis admitir. Era possível até que, na verdade, ele o tenha expulsado de casa.

Camilinha não tirava os olhos da foto.

– Não quero me apressar – ela diz. – Minha intuição é de que o filho é gay.

Camilinha estava em sintonia comigo. Foi o que também pensei, na hora. Concordei com a cabeça.

– A única informação, algo muito vago, é que teria trabalhado numa loja de autopeças da Azenha.

– Bom, já temos um ponto de partida.

Camilinha fala no plural. E isso me dá uma certa segurança. Eu não vou sair sozinho, de mãos abanando, para encarar a empreitada.

Algo me dizia que o pastor não lida apenas com a santa palavra de Deus, pregada diariamente aos seus milhares de fiéis. Os crentes são mão-aberta. Para salvar a alma e abrir as portas do céu, se desfazem do que têm, se o pastor pedir em nome de Deus. Mas esses crentes não são o tipo de gente que contribui com dólar. Isso nem é uma questão intuitiva. É lógica pura.

Camilinha joga as fotos sobre a mesa. Volta a enxugar os cabelos que lhe caem ainda úmidos sobre os ombros.

– Temos que descobrir qual é a igreja dele.

– Isso não vai ser difícil.

Camilinha faz uma pausa. Toma um gole e se serve de mais uísque.

– E a pastora?

Não faço segredo com Camilinha.

– Pela cara dela, sinto que tem maldade. Essas coisas eu farejo de longe, pelo cheiro.

– Sei.

– São duas – eu acrescento, algo enigmático.

Ela para o copo no ar. E me olha, interrogativa.

– Duas? O bandido do pastor é bígamo?

Eu solto uma gargalhada. Camilinha ri também, mas sem alterar o toque de interrogação no semblante. Mantém o copo parado no ar.

Eu explico:

– Digamos que é uma por fora e outra por dentro.

Só agora Camilinha descongela o movimento da mão e deixa o copo pousar sobre a mesa.

– Por fora é uma crente, sem tirar nem pôr. Mas, por dentro, parece ser uma fera, furiosa para fazer estragos num coração ocioso. E na cabeça do pastor.

– Você está se puxando, bonitão.

– Mas é isso mesmo, você vai conhecê-la.

– Entendi – diz Camilinha, com um ar de intelectual no rosto, sem a necessidade de discorrer sobre o eu supremo ou deitar falação sobre lugar de fala em reels do Instagram.

Eu digo:

– O jeito dela de olhar, de acompanhar as palavras do pastor, por cima dos ombros dele, a hora certa para sorrir e como sorrir, isso tudo não me tira a certeza de que está louca para jogar uma bola nas costas do marido.

– Pode vir a ser uma aliada sua?

– Eu diria mais que isso...

Pego o telefone e abro o Instagram. Procuro a página da Araceli argentina. Tem tantos *stories* que aqueles traços na linha superior da tela não são mais traços, são pequenos pontos, um grudado no outro. Abro uma foto e mostro para Camilinha.

– Aqui está ela.

Camilinha fica surpresa.

– Boccanera, não estou entendendo. Ela faz isso pelas costas do pastor?

– Não, não! É a cara dela, inclusive o vão entre os incisivos.

Camilinha pega o telefone e rola a tela para ver outras fotos.

– Uma sósia, sem tirar nem pôr – eu digo.

Camilinha olha uma das tantas fotos de Araceli. Ela aparece dos ombros para cima, o rosto bem delineado, sorridente, os olhos pretos e amendoados.

– Linda, elegante, sem qualquer traço de vulgaridade, mas faz questão de parecer puta – diz Camilinha. – Não que isso seja um defeito. Mas é um perigo.

Pego o telefone de volta.

– É a cara da pastora, você precisa ver – eu digo.

– E se a pastora tem essa cara, coitado do pastor.

– Araceli...

– A pastora tem o mesmo nome?

– Não, não. A pastora é Solange. Mas já decidi que nos meus pensamentos loucos vai se chamar Araceli.

Camilinha ri com gosto. E toma mais uísque.

– Te cuida, Boquinha. Onde se ganha o pão não se come a carne.

Ela pega outra vez as fotos. Analisa-as com atenção. Ao mesmo tempo, começo a ver os *stories* mais recentes de Araceli. Tem um em que ela botou a legenda: "*Quedate con el que te chupe bien la concha. Mimos te hacen cualquiera*". Embaixo, um emoji beijando um coraçãozinho vermelho.

O barulho na orla diminuiu. Há mais som de carros passando que dos frequentadores, embora gritos de bêbados possam ser ouvidos, vez que outra.

– O Grêmio não tem Mundial – alguém grita no outro lado da rua. E começa um tumulto.

Outro grita:

– Vai dormir, Mazembão muquirana!

Camilinha diz que está com fome e pergunta se tenho alguma coisa na geladeira. Tem queijo, pepino, mortadela, azeitonas e pão cacetinho. Ela se levanta e vai à cozinha preparar uns picados.

É quando toca meu telefone. Um número desconhecido. Atendo imediatamente. Embora quase não a tenha ouvido falar quando esteve aqui, tenho certeza, na primeira sílaba pronunciada, de que é Araceli.

– Boa noite – ela diz. E continua antes que eu responda: – Aqui é Solange Canassanta, esposa do pastor Ediraltino Canassanta.

Faço uma expressão de surpresa, que é verdadeira.

– Ah, sim! Como vai a senhora?

Ela ignora a minha pergunta.

– Preciso falar com o senhor. Naturalmente o pastor não precisa saber.

– Sim, sim – eu gaguejo.

– Na nossa conversa, algumas coisas que julgo importantes não foram ditas.

Eu agora a deixo falar, sem interrompê-la.

– Quero marcar um encontro com o senhor. O mais breve possível.

Faço o barco correr.

A voz dela é firme. Não vacila um só instante. Mas, fora isso, tem no fundo, no nascedouro, algo como o ronronar de uma felina, que, mesmo dissimulado, não tem como escapar ao crivo tendencioso dos meus ouvidos.

Camilinha aparece na porta com uma tábua de picados. Larga-a sobre a mesa. Olha-me com interrogação. Faço um sinal de positivo com o polegar, sorrio, ela percebe que não é problema.

Araceli continua.

– Quero marcar com o senhor amanhã, bem cedo. Às seis e quinze da manhã.

Faço um ar de espanto, vou pedir para confirmar, talvez seja às seis da tarde, mas ela não dá tempo.

– É o horário do programa do Ediraltino na televisão. Ele faz ao vivo. Será um jeito de nos encontrarmos sem riscos.

Eu só tenho tempo de dizer ok.

Ela acrescenta, e o timbre da sua voz fica batendo na minha cabeça pelo resto da noite:

– Nessa hora, estarei no seu escritório, pontualmente.

E desliga, sem ao menos perguntar se posso ou não recebê-la. Tem confiança no taco, é preciso admitir.

Camilinha mastiga uma porção de queijo com pepino e mortadela.

– E essa cara, Boquinha? Parece um astronauta que caiu do foguete.

– Você não vai acreditar.

Ela mastiga com prazer.

– Vou, sim! Pode contar. Jamais duvidarei das tuas santas palavras.

– Araceli... era ela.

– A pastora?

– Sim, a pastora. Disse que precisa falar comigo, coisas importantes não foram ditas na conversa com o pastor.

Camilinha bate palmas, em sinal de aprovação.

Meu coração ainda está perto da boca. Sirvo-me de uma porção de picados. Camilinha deita mais uísque no copo e aproveita para reabastecer o meu. Fazemos um brinde, os seios dela balançam por baixo da camiseta. E a voz da mulher do pastor fica no meu cérebro. Invade-o igual uma onda que vai, volta e se arrebenta na areia. Camilinha me acalma. E me ajuda a fazer o tempo não demorar tanto a correr. Camila Queiroz é uma joia rara que caiu de paraquedas na minha caixinha de relíquias. E isso é tudo. E não é pouco.

3

E já que eu estava mesmo no inferno, não custava nada dar um tapa na cara do diabo.

Vou encontrar a Camilinha no Shopping Rua da Praia, num café embaixo da escada rolante. Combinamos de almoçar juntos e ajustar os detalhes das nossas ações. Não fosse o compromisso com a mulher do pastor, ela teria dormido no meu apartamento. Ela acaba sempre ficando para dormir quando vai lá beber comigo, à noite. Mas ontem achamos melhor ela ir para casa. Não seria bom a pastora ver ou desconfiar de que havia testemunhas para a nossa conversa.

Meu escritório é separado do resto do JK por um biombo de três abas. Ali, na entrada, há uma espécie de L na junção das paredes. Fechando uma parte desse L com o biombo, há espaço para uma minúscula mesa, uma cadeira e uma pequena poltrona, que vem a ser a minha sala de espera. Qualquer meio passo na linha do biombo, Araceli veria o resto do apartamento, geladeira, fogão, cama, sofá e a Camila Queiroz, de bunda para cima, dormindo sob os meus lençóis.

Eu não quis correr esse risco. Araceli ia desconfiar. E poderia complicar o bom andamento da minha relação de trabalho com o pastor.

Antes de me encontrar com Camilinha no shopping, fiz uma visita às lojas de autopeças da Azenha. Mostrei as fotos para vários empregados. Mas não obtive sucesso. Ninguém conhecia Júlio César. Nem com esse, nem com outro nome, embora alguns parecessem reticentes ou desconfiados. Apenas um sujeito, desses que ficam na rua, chamando motoristas para as lojas, me deixou intrigado. Quando mostrei a primeira foto, foi dizer algo, mas parou. Olhou as outras duas e ficou pensativo. Parecia avaliar se seria apropriado dizer ou não o que havia pensado. Quando perguntei novamente se conhecia o boneco das fotos, ele disse que talvez, mas não podia ter certeza. Aí partiu claramente para a defensiva.

– Mas por que você procura por ele?

Filho da puta. Isso não era de seu interesse, vamos combinar. Mas me mantive calmo, na minha.

– A mãe está doente, em estado terminal.

Eu falava, ele me olhava, não sei bem se irônico ou compadecido.

– Mora no interior do estado. Tiveram uma desavença, ele veio para a capital e não deu mais notícias.

– E ela quer ver o filho antes de morrer... – completou ele, um sorriso bagaceiro no canto da boca torta.

Balancei a cabeça em sinal de positivo.

Ele me devolveu as fotos.

– É uma pena – ele disse. – Não está ao meu alcance ajudar essa pobre mãe a morrer sem culpas.

A vontade que tive foi de dar um direto naquela cara larga, cheia de espinhas espremidas. Mas não sou louco. Aquele cabra sabia de coisas. Talvez, mais adiante, eu precisasse falar com ele de novo. E não seria sensato ele se lembrar de mim por ter sido o sujeito que lhe meteu um *upper* no queixo de vidro. Se for preciso, qualquer cinquenta reais na mão do cretino será suficiente para ele vomitar o que sabe. É só esperar.

Camilinha está curiosa. Toma um chope. Cruza as pernas e puxa a cadeira para eu sentar. Peço um chope para mim também. Quando digo que estou vindo da Azenha e me preparo para lhe dar detalhes da minha primeira ação, ela espalma a mão diante do meu rosto. Irritada como poucas vezes eu havia visto.

– Pode parar, bonitão! Sem essa de enrolar a história pela ponta menos interessante para segurar a audiência. Isso aqui não é novela da Globo, porra!

Seca seu copo e pede outro chope.

– A pastora, Boccanera! A pastora! – Camilinha me encara, a voz dois tons acima. – Comeu!?

Uma mulher que come uma banana split numa mesa ao lado chega a olhar em nossa direção.

Camilinha continua, parte da irritação claramente simulada:

– Peguei táxi ontem, de madrugada, para dormir em casa e deixar o campo livre. E agora você vem me contar primeiro as conversas moles com os bonecos da Azenha? Santa paciência, Boccanera!

– Está bem, está bem.

Camilinha não perdoa, e eu gosto disso.

Chega o meu chope. Estou com sede, tomo meio copo numa empinada. Camilinha me encara, como para me apressar.

– Conta, Boquinha. E não enrola.

Araceli chegou pontualmente. Com a mesma roupa de quando estivera no meu escritório em companhia do marido. Pulei cedo da cama, ainda noite. Já havia zapeado os canais da televisão para procurar o programa do pastor. Não foi difícil encontrar, embora àquela hora da manhã a programação de tevês a cabo estivesse minada de pastores de todos os tipos e tamanhos.

Minha primeira conclusão foi que, entre eles, havia uma concorrência feroz na caça aos fiéis e na persuasão para lhes tirar dinheiro. Inventam as coisas mais estapafúrdias com o objetivo de atrair o telespectador para a sua igreja. Prometem e oferecem de tudo para vender, até a ungida vassoura da limpeza. Basta pagar por uma, que é benzida pelo pastor, e varrer a casa com ela para os seus caminhos se abrirem, para o progresso chegar e transformar você numa pessoa rica e feliz, com casa própria, bom emprego, carro na garagem e dinheiro no bolso para doar à igreja, graças a Deus.

Pastor Ediraltino parecia uma figura diferente daquele que estivera comigo. É compreensível. Ali, na televisão, ele prega a palavra de Deus. Fala aos seus, na linguagem dos seus, conhecendo o sofrimento dos seus e suas expectativas. Precisa ser convincente na retórica e no conteúdo. O negócio é outro, bem diferente de contratar, e pagar bem, um detetive para lhe fazer um serviço sujo.

Ediraltino lia um trecho da Bíblia. Escolhera-o a dedo. Não era nada sutil na arte de engambelar o rebanho e fazê-lo abrir a mão para encher de dinheiro os sacos de algodão da sua igreja.

Leu o trecho em que o demônio aparece a Deus e o desafia a tirar de Jó toda a sua riqueza para ver se ele, Jó, sem suas posses, continuaria fiel, afastado do mal e a Ele temente. Deus, então, autoriza o demônio a ele mesmo testar Jó, tirando-lhe tudo o que tem. Ao final da parábola, ao perder tudo, inclusive os filhos, Jó mantém-se fiel: "Nu saí do ventre de minha mãe e nu voltarei; o Senhor o deu e o Senhor o tomou".

Com a câmera fechada em seu rosto, Ediraltino repete a frase aos gritos. E continua:

– Insistiu Jó: "Se o Glorioso mandar, deem a ele e à igreja Dele aquilo que é somente Dele". Mesmo que o demônio interfira, dizendo que não. E agora, hoje, aqui, o Glorioso está mandando, irmãos! O Glorioso está mandando você, irmão, dar à igreja de Deus aquilo que você tem, seja muito, seja pouco. Você, irmão, não pode ignorar a ordem do Senhor. Se ignorar a ordem do Senhor, estará em trabalho para Satanás. Dê à igreja de Deus o que é de Deus. Contribua com Deus para que possamos pagar as despesas deste templo.

Nesse momento, tocou a campainha. Corri ao interfone. Destravei a porta do prédio e engoli em seco. Tomei meio copo d'água e fui esperar Araceli. Antes, baixei o som da televisão para ela não perceber que eu estava ouvindo o pastor. Queria ser o mais natural possível.

As primeiras palavras dela, no entanto, após os cumprimentos de praxe, andaram num sentido contrário às minhas precauções. Perguntou se eu tinha televisão em casa. Fiz que sim com a cabeça. Ela, então, pediu para eu ligá-la no programa do marido. Ele falava ao vivo. Ficaria mais tranquila ouvindo-o de viva-voz. Precisava estar absolutamente certa sobre sua segurança, com a alma em paz, com chance zero de ser pega de surpresa por algum imprevisto.

Quando aumentei o volume da televisão e ela ouviu a voz do cretino, sua fisionomia mudou da água para o vinho. Para um vinho de qualidade, é preciso dizer. Sorriu – e pude ver, mais uma vez, o vão entre os incisivos, seu terceiro olho. Por ali, além de ver o subjetivo das coisas, também desnudava a alma com mais precisão do que possíveis palavras ainda a serem pronunciadas.

Olhei-a agora com alento, sem a tensão de admirar a beleza de uma mulher tendo o marido em primeiro plano. Seus olhos amendoados, tenho certeza de que se fossem recortados e sobrepostos no vidro da janela se ajustariam um ao outro sem um milímetro de diferença, numa perfeição de curvas e traços que nem Deus teria a paciência para fazer tão bem.

– Araceli! – pronunciei só para mim, só para a inquietação do meu espírito, que, mesmo naquele início de jogo, já se declarava perdido para sempre na chama ardente do inferno.

E já que eu estava mesmo no inferno, não custava nada dar um tapa na cara do diabo. Vou em frente. Por trás do biombo, ainda ouço parte da pregação matutina de Ediraltino a seus fiéis:

– Minhas amadas irmãs, é o que diz a palavra do Glorioso: o orgasmo é obra do maligno. Evitem tê-los, mesmo que com os próprios maridos. O orgasmo é obra do maligno, que, por assim ser, acrescenta desnatureza ao sexo. E as desnaturezas são uma afronta às palavras do Eterno. Praticar o sexo sem fins reprodutivos é abrir as portas de casa para o maligno e para o comunismo. O prazer sexual atrai desgraças, infidelidade e depravação. Ó Glorioso!

Não sei de onde o pastor Ediraltino tirou aquilo. O certo era que talvez não estivesse sendo persuasivo nem dentro da própria casa. A minha impressão foi de que, para se sentir segura, Araceli precisava apenas ouvir a voz do marido. Sem avaliar conteúdo. Ouvi-lo simplesmente lhe dava segurança. Procurei seus dois olhos pretos enquanto escutava-o, mas ela me pareceu alheia. Não percebi qualquer indício de que estivesse prestando atenção ao conteúdo da pregação, nem um sinal – nem de ironia, muito menos de crença.

Sentei-me atrás da mesa e indiquei a ela a poltrona à minha frente. Sentado, eu dava um tom mais formal ao nosso encontro. Assim, não delatava o conteúdo de meus impuros pensamentos. Apenas, por enquanto, mantinha fechada a porta por onde o maligno metia as garras querendo se soltar.

O rosto de Araceli tinha uma expressão de difícil definição, a não ser a beleza espantosa, apesar do coque junto à nuca e a sobriedade da roupa. Estava entre o amistoso e a curiosidade. Olhou o painel pintado às minhas costas, observou o gato, só depois aceitou o meu convite. Puxou a poltrona e se sentou.

– A senhora gostaria de beber alguma coisa? – eu disse.

E imediatamente me corrigi. Completei, antes de ela pensar que eu fazia alguma espécie de pilhéria ou piadinha de mau gosto com o álcool.

– Uma água, um café...?

Ela sorriu, a bandida.

– Não fosse pela hora, eu aceitaria um uísque.

Minha primeira impressão foi a de que não falava sério. Mas foi só uma impressão. Segundos depois, eu já não tinha opinião sobre nada. Interpretar com cem por cento de segurança ou mesmo sem segurança alguma o sentido das palavras de uma mulher como Araceli seria uma temeridade de funestas consequências.

Preferi tomar aquilo como uma brincadeira de bom gosto. Afinal, a mulher de um pastor, em tese, não pediria uísque para beber, a hora que fosse, ainda mais na casa de um desconhecido. A verdade é que ela tinha bom humor. Isso era o importante, e me bastava no momento. Embora também não estivesse gravado nas escrituras que a mulher de um pastor precisasse ser mal-humorada. Como se vê, eu estava meio perdido na hora de chegar a algo definitivo sobre ela. Ter alguma certeza, fosse o que fosse, de saída, já constituía um perigo de brincar com fogo. E eu sabia disso, não precisava que me contassem.

Ela interrompeu então minhas divagações com duas frases cortantes.

– Se um dia tiver a grata oportunidade de visitá-lo em hora mais apropriada, aceitarei compartilhar com você algo mais puro. Por enquanto, um copo d'água.

E deu um sorriso. Um sorriso de quem entende daquelas coisas que a pessoa aprende por conta, desde a tenra idade, sem ninguém ensinar.

– Sem gás, por favor – ela completou, sem alterar a expressão do rosto.

E assim, se já não estavam abertas, escancaravam-se as portas da minha santa casa. Já podiam entrar o comunismo, o maligno e a depravação, sem bater e sem pedir licença.

– Ó Glorioso! – berrava o pastor Ediraltino Canassanta, com os braços erguidos, no outro lado do meu biombo de brocados indianos.

Fui à cozinha e voltei com um copo servido. Araceli pegou-o, mas não tomou. Segurou-o no ar, enquanto me encarava.

– Vou direto ao assunto porque temos pouco tempo – ela disse. – Quando o programa terminar, preciso ir embora.

Me arrependi de não ter trazido água para mim também. Minha boca estava seca.

– Estou preocupada – ela suspirou. – Ediraltino não lhe contou toda a verdade. Isso poderá levar a uma injustiça, e não me perdoarei depois se algo lamentável acontecer.

Apenas concordei com a cabeça. Ela só me dava tempo de respirar. Mesmo assim aceleradamente.

– Júlio César foi expulso de casa quando Ediraltino soube que ele era gay, embora isso só fosse perceptível a um olhar mais apurado. Sua aparência era de homem másculo, esbelto, musculoso, forte, voz sonora, sem afetação. E isso foi o que o atormentou mais quando ele o viu beijando um amigo, dentro do carro, na frente de casa. "Tinha tudo para ser um homem de bem, mas quis ser veado, o filho da puta", ele dizia, inconformado.

É preciso dizer aqui: nem eu, nem Camila Queiroz estávamos enganados. É bom saber disso. Nossas intuições se afinavam. E iríamos precisar muito da afinação do nosso sexto sentido a partir daquele momento. Não apenas para levarmos em frente nosso trabalho, mas para não cairmos em armadilhas num simples atravessar de rua.

Araceli continuou:

– Agora, surgiu a informação de que é... travesti. Certamente com outro perfil, outro aspecto, fisionomia alterada por procedimentos e consumo de hormônios. E faz programas na noite. Isso até então não preocuparia Ediraltino. Lá com ele, o assunto estava resolvido tendo-o expulsado de casa. Se não conseguir curar, toque para bem longe, não deixe contaminar o ambiente. Mas na semana passada surgiu um fato novo.

Só agora ela levou o copo à boca para tomar um pouco de água.

– Ediraltino sempre teve pretensões políticas. E no momento surgiu a grande oportunidade de sua vida. Com o apoio do partido do presidente, e do próprio presidente, que o estima muito, veio a chance cultivada e esperada desde a juventude. A de se eleger deputado federal e se tornar um grande e influente líder político e religioso. Até aí, tudo bem. Só que, numa igreja concorrente, um pastor que também quer ocupar esse espaço descobriu o filho travesti de Ediraltino e começou a chantageá-lo. Sem duvidar de que o filho pudesse ser mesmo travesti, Ediraltino acusou o golpe e decidiu localizá-lo imediatamente. E o outro pastor a cada dia insistindo: ou ele desiste da candidatura ou vai divulgar foto do filho desviado dele. Isso aí, na cabeça cheia de preconceitos dos fiéis que o próprio Ediraltino criou, nas pilastras do edifício que ele próprio ergueu, é nitroglicerina pura.

Ela tomou um gole d'água.

– Minha preocupação é o que o Ediraltino vai fazer com o filho quando ele for localizado.

Nem é preciso dizer. Esse passou a ser também o meu temor. Por A ou por B, encontrá-lo passou, de imediato, a ser minha obrigação. Minha e de Camilinha, quando relatei a ela a questão.

Camilinha seca o copo e bate-o na mesa.

– Foi o que imaginei quando você me mostrou as fotos. Na mosca, Boquinha.

Concordei, estávamos certos.

Camilinha gritou por outro chope e me pediu para olhar novamente as fotos. Tirei-as da pasta. Ela tomou-as da minha mão.

– Agora tudo fica muito mais claro. Eu conheço essa cara, Boquinha. O problema é que ela está gravada na minha cabeça como mulher. Preciso de um tempo para fazer a conversão. Hoje deve estar totalmente diferente do que era ao ser expulsa de casa, que nem o pai a reconheceria.

E pede que eu continue a história até o fim.

Araceli precisou sair em seguida. Do programa do pastor só restavam mais dez minutos, tempo que ela demoraria para chegar em casa. Ao se virar para ir embora, no entanto, ela olhou por entre o biombo e a parede e viu a janela que dava para a orla.

– Você deve ter uma vista bonita daqui de cima – ela disse, espichando o pescoço.

– Sim, disso não posso me queixar.

Ela deu meio passo para o lado.

– Posso ver?

– Claro.

Passei à frente dela e fui até a janela.

Ainda bem que Camila Queiroz, antes de sair, me ajudou a deixar a casa mais ou menos organizada. Pia limpa, louça lavada, cama arrumada.

Araceli foi até a janela. Olhou o horizonte, o rio, a chaminé do Gasômetro, as luzes da manhã iluminando a paisagem até o outro lado, a cidade de Guaíba, e disse:

– O pôr do sol deve ser bonito visto daqui.

Sorri, mas não a contrariei. Araceli já podia tudo. A ela e às deusas do Olimpo, todo o direito à pieguice e ao lugar-comum.

Eu respondi que era lindo, sim. Lindo e emocionante. E, se ela um dia quisesse, poderia vir aqui para apreciá-lo. Ela não disse nem sim nem não. Virou-se e voltou para o escritório.

– Ó Glorioso! – repetia o pastor Ediraltino na minha tevê, ao final de uma imprecação.

Ao se despedir, renovou o pedido feito antes. Se eu viesse a descobrir o paradeiro de Júlio César, que procurasse primeiro por ela. Era a segunda mulher do pastor, estimava o enteado como se fosse um filho. E estava certa de que ele também a queria muito. Só perderam o contato um com o outro por medo da fúria de Ediraltino.

Eu prometi que sim, ela seria a primeira a ser informada. Eu também depositava nela minha confiança de que nada de ruim aconteceria a ele. Caso contrário, não iria procurá-lo. Devolveria os dólares e recusaria o trabalho. Agradeci por ter me procurado. Não queria me sentir responsável se uma desgraça viesse a acontecer.

Quando fechei a porta atrás dela e me virei, percebi que havia um envelope pardo sobre a mesa. Dentro, 3,1 mil dólares. E um cartão com um número de telefone escrito à mão. Pelo visto, dinheiro não era problema para a família Ediraltino Canassanta. Peguei os dólares e fui procurar um lugar seguro onde escondê-los. No Brasil, a gente nunca sabe como vai ser o dia de amanhã.

4

O sujeito sorriu, tentando ser amistoso. Atrás da cabeça dele, na altura da nuca, havia dois gomos grossos de músculos apertados pelo colarinho da camisa.

Durante o programa de televisão, fiquei sabendo que todas as tardes, às 18h, o pastor realiza um culto na igreja principal, na Avenida Mauá, proximidades do Mercado Público. Eu pretendia fazer um perfil dele, e me programei para assistir ao culto.

Camilinha e eu saímos do shopping e, na esquina da Caldas Júnior com a Rua da Praia, nos despedimos. Havíamos tomado vários chopes, ela ficou de pileque e foi para casa. Queria dormir antes de voltar à pista, na ponta da Duque de Caxias. Prometi fazer contato quando voltasse, depois do culto. Ela levou uma das fotos de Júlio César. Ficou de investigar alguma coisa e me ligaria se tivesse novidade. Ou, então, dependendo do movimento, passaria no meu apartamento para beber e trocar ideias.

Araceli não fizera mais contato, mas eu tinha agora o seu WhatsApp. Já havia registrado o número deixado por ela no cartão com os dólares.

Tomo banho e me preparo para ir ao culto. Camilinha me liga. Mudou de ideia e quer me acompanhar. Passo no apartamento dela, ali perto, no Alto da Bronze, e tocamos para a igreja. Deixo o carro no Largo Glênio Peres, seguimos caminhando pela Praça Parobé e atravessamos a Júlio de Castilhos.

Entramos na Mauá e, no trajeto até a igreja, há algumas lanchonetes do tipo pé-sujo, que servem de ponto para cafetões com negócios na área que vai até a Voluntários da Pátria. Eles ficam ali, bebendo cerveja, comendo ovo cozido e croquetes na mostarda, cuidando quem entra e sai ou quem passa na calçada.

Não foi preciso andar muito para vermos a fachada suntuosa da igreja. Na frente, há um comércio informal de vendedores de balas, água, refrigerantes, salgadinhos, rapaduras, e uma Towner de cachorro-quente. Em meio ao burburinho de vendedores e fiéis, meia dúzia de homens musculosos de ternos pretos circulam de um lado a outro. Andam com desenvoltura e intimidade, como se fossem os gerentes da área. A calçada e parte da rua parecem claramente um território demarcado da igreja, onde todos se conhecem e conversam. Constrangidos, alguns pedestres desviam por fora para não ter que passar no meio deles.

Camilinha e eu nos aproximamos, mas, entretidos entre eles, os seguranças parecem não perceber a nossa presença. Entramos e, logo à entrada, outro homem, com as mesmas características daqueles do lado de fora, nos recebe com um aceno de cabeça e aponta para o interior. A igreja é grande, e mesmo assim os lugares estão praticamente todos ocupados. Minha intenção é ficar bem atrás, de forma a não ser visto pelo pastor. Por sorte, no outro lado, junto à parede, há três lugares vagos. Camilinha e eu nos sentamos. Olho em volta com a esperança de ver Araceli.

Ediraltino está no púlpito. Uma mulher se aproxima. Ele pergunta:

– Qual é seu testemunho, irmã?

A mulher passa a contar que estava com câncer no pulmão, com cirurgia marcada, quando passou na igreja, recebeu Jesus e ficou curada. Ediraltino valoriza a história, com domínio de palco e retórica, questiona várias vezes a mulher, incitando-a a repetir detalhes para que ele possa arrancar gritos de glória da plateia, extasiada com o caso de cura.

– Aceitou Jesus, irmã? – ele grita.

– Sim, pastor. Aqui na igreja eu aceitei Jesus. Graças ao senhor, pastor!

– Graças a Jesus, irmã! E o que aconteceu depois, irmã?

– Eu fui pra casa, pastor. E amanheci sem o câncer.

E Ediraltino, gritando:

– Ó Glorioso! Ela amanheceu sem o câncer! Ó Glorioso!

Os fiéis gritam.

Ele diz:

– Mais algum testemunho na plateia?

Ediraltino olha por cima, jeito de bonachão, tentando ser bem-humorado.

Homens com *walkie-talkies* percorrem os espaços entre os fiéis. Estão atentos a qualquer movimento. Outra mulher, no meio da plateia, levanta o braço. O pastor faz sinal para ela se aproximar. Um dos homens com *walkie-talkie* a acompanha até o púlpito. Ediraltino chama o homem. Antes de conversar com a mulher, diz algo ao ouvido dele. Ele faz que sim com a cabeça e olha na direção da plateia. Baixo um pouco a cabeça, atrás das pessoas à minha frente, tentando me desviar do olhar deles.

Ediraltino pergunta qual é o testemunho da mulher. Ela começa a contar como o filho se curou do vício na bebida e nas drogas graças a um encontro entre ela e Jesus ali mesmo, na igreja, quando, durante uma prece, ela o recebera no coração.

Ediraltino faz perguntas e excita a plateia.

Camilinha me cochicha ao ouvido. Diz que vai embora. É muito para o gosto dela. Também decido sair. Já tinha um perfil sobre Ediraltino. Aquilo era o suficiente. Até demais, para falar a verdade. Ficar ali, ouvindo-o, era só para liberar ácido gástrico no estômago e provocar azia. Concordo com Camilinha e nos levantamos, com cuidado para não sermos vistos por ele.

O próximo testemunho é de uma mulher que conseguiu comprar uma casa com churrasqueira e piscina depois que passou a frequentar a igreja. E Ediraltino grita:

– Ó Glorioso!

Aproximamo-nos da saída. Quando botamos o pé além da porta principal, sinto a mão de alguém me tocar o ombro. É um dos homens de terno preto que circulam entre os fiéis com um *walkie-talkie* na mão. Ele tem a cara fechada. E seu pescoço é mais grosso do que a cintura da Camilinha.

– O pastor Ediraltino quer falar com o senhor, depois do culto.

Meu espanto deve ter ficado escancarado na cara. O sujeito sorriu, tentando ser amistoso. Atrás da cabeça dele, na altura da nuca, havia dois gomos grossos de músculos apertados pelo colarinho da camisa. Era algo incompatível com a tentativa dele de ser simpático.

– Já está terminando, não vai demorar – ele disse.

E apontou para dois bancos, nas proximidades, para onde nos conduziu imediatamente. Nem ao menos perguntou se concordaríamos ou não em falar com o chefe dele.

Até sermos chamados pelo mesmo sujeito e levados a um escritório atrás do púlpito, Ediraltino ouviu, comentou e chamou a plateia a intervir com gritos de saudação ao Glorioso a cada detalhe dado pela mulher sobre a tal casa com piscina que conseguiu comprar graças à sua presença nos cultos da igreja.

Penso em gravar, mas seria algo arriscado. É nesse momento que o homem que tem o pescoço mais grosso que a cintura da Camilinha se aproxima e me puxa pelo braço. Foi bom não ter pegado o celular para gravar. Esse homem, que nos cuidava, teria visto.

Seguro a mão de Camilinha e trago-a junto. O público começa a se levantar. No serviço de som toca uma música religiosa, um coral tipo sertanejo universitário que fala no amor, na família e no fogo da salvação.

Somos conduzidos por um longo corredor lateral, paralelo ao auditório, onde não encontramos ninguém. Ao fundo, há uma porta de madeira, com uma bandeira do Brasil e a frase "O Glorioso acima de todos". É por ali que entramos. Passamos por uma sala com poltronas e mesa de centro. O homem abre uma porta e nos manda entrar. Vem nos receber, com o rosto ainda suado, o pastor Ediraltino.

– Que bom que vieram ouvir a palavra da salvação – ele diz, sorrindo, e nos indica onde nos sentarmos.

A sala é simples, mas espaçosa, com tapetes, um armário e prateleiras cheias de folders e outros impressos. Na parede oposta à porta, há um grande pôster de Ediraltino com o presidente atual. Ediraltino pousa as duas mãos na cabeça dele e, pela expressão, faz uma prece.

Embaixo do pôster, estão, enfileirados, os sacos brancos de algodão onde os fiéis colocaram suas contribuições durante o culto.

Um homem de cabelos lambidos organiza os sacos, um ao lado do outro, junto à parede.

Ediraltino fala com ele, enquanto nos sentamos.

– Presbítero Mizael, por favor. Termine isso depois. Preciso conversar com meus irmãos aqui.

O presbítero faz que sim com a cabeça e caminha para a saída.

Quando ele segura a maçaneta, Ediraltino o chama.

– Presbítero... – aponta para o casaco dele. – Por favor.

Mizael faz que não entende.

Ediraltino parece contrariado.

– Devolva, por favor, presbítero.

Mizael, que tem a mesma cara de cretino do pastor, ainda se faz de desentendido.

O pastor insiste.

– No bolso do casaco, Mizael. Devolva.

Só então, sem argumentos, o presbítero mete a mão no bolso e tira um maço de reais. Coloca-o sobre a mesa do pastor.

– Agora pode ir – diz Ediraltino.

O presbítero sai, constrangido.

Quando a porta se fecha, Ediraltino se vira para mim, o ar amistoso de antes volta a lhe ilustrar o rosto saudável e bem escanhoado. E diz:

– Se a gente não abre o olho, irmão Boccanera, eles levam até o que é de Deus.

5

E na pista é assim. As minas somem de um dia para o outro, o tempo passa rápido e ninguém mais se importa.

No final do nosso encontro, que, por sinal, não foi longo, Ediraltino insistiu para seu motorista nos levar em casa. Mesmo quando eu disse que estávamos de carro, ele insistiu. Propôs que um dos seus seguranças nos levasse até o estacionamento. Aquela região era perigosa. Depois de três negativas minhas, ele desistiu.

Durante todo o tempo, não tirou os olhos da Camilinha, o bandido. Saquei qual era a dele. E a Camilinha, que não é boba, também. Tem lá alguns anos de praia no trato com homem bandido de toda a espécie, e não seria na mão do Ediraltino que beberia água suja, assim, no mole. Mas deixou o barco correr. Seu lema é não hostilizar. Pelo contrário, é não fechar portas que, de alguma forma, no futuro poderão ser úteis.

Quando nos levantamos para sair, Ediraltino fez questão de abrir a porta. Nesse tempo, enfiou no bolso da calça da Camilinha um cartão com um número de telefone. Só não passou a mão na bunda dela porque não pôde se aproximar o suficiente sem dar na cara.

Havia partido para cima sem saber a profissão dela, isso é necessário lembrar para conhecer o seu caráter. Quando o presbítero Mizael saiu da sala, Ediraltino olhou-a com ar interrogativo. Ela, que conhece de longe o tipo, adiantou-se e disse que era minha namorada. Ou seja: o porta-voz do Glorioso tinha clareza de que estava me botando uma bola nas costas ao dar em cima dela, ali, nas minhas barbas. Mas deixa estar, jacaré. Um dia a lagoa seca e te pego fora d'água.

– Formam um belo casal – ele disse, olhando para Camilinha. – Se concordarem, quero abençoá-los no próximo culto.

Camilinha fez sinal de positivo com o polegar.

Ediraltino olhou-a com ar de benevolência.

Eu fiz que sim com a cabeça.

– Será uma honra, irmão – eu disse.

Não sei se percebeu a ironia. E, se percebeu, levou numa boa. Ediraltino também não é bobo. Se fosse, certamente não estaria ali, as costas viradas para seis sacos cheios de dinheiro para serem transformados em dólar tão logo fossem colocados no seu carro-forte. Se fosse bobo, estaria na boleia de um caminhão, tomando rebite e jogando carro de passeio para o acostamento a cada dez quilômetros rodados.

No retorno para casa, Camilinha e eu avaliamos como um fato positivo o interesse dele, as investidas e o cartão com o telefone. Chegou a avançar um pouco o braço para lhe passar a mão. Mas a distância não era boa, eu poderia ver.

Ficou gamado nela, o cretino. E um homem apaixonado por uma puta, dependendo do jogo de cintura da puta, só tem a perder. E jogo de cintura era o que não faltava à Camilinha, justiça seja feita.

Rimos e marcamos de nos encontrar mais tarde, no meu apartamento. Eu disse a ela que para aquela noite eu dispunha de grana suficiente, poderia lhe bancar o valor dos programas e mais um pouco. Mas Camilinha é profissional e pensa no dia de amanhã. Puta que se afasta do ponto, perde o bonde. Se o freguês a procura e não a encontra, pega outra. E, se a outra der conta do recado, adeus, querida.

Mesmo assim, tirei cem dólares da carteira e passei para ela. Camilinha me deu um selinho mais longo. E disse que era a primeira vez que botava a mão numa preciosidade daquelas. Eu disse que tinha mais. Era só acertarmos a mão e não vacilarmos dali para frente.

O certo é que Ediraltino ficou cismado com nossa presença no culto. Não disse. Mas também sou macaco velho e saquei o ar estranho dele. Ele havia me procurado para encontrar o filho. E, por uma questão de lógica pura, eu não haveria de ir procurá-lo justamente na sua igreja, num culto seu. Mas não fez perguntas diretas. Na verdade, nos chamou mesmo foi para marcar presença. Para nos alertar de que nos havia visto. E que à sua disposição havia um séquito de homens fortes e preparados para defendê-lo no que fosse preciso.

Falamos de amenidades. Não perguntou sobre Júlio César. Não sabia exatamente qual era o papel de Camilinha na minha vida profissional. Na dúvida, certamente preferiu a cautela. Ediraltino tinha a esperteza como mantra, sabia falar pelas entrelinhas, expressar um pensamento pelo não dito. E isso precisava ficar claro se não quiséssemos pisar na bola logo ali adiante.

Por fim, se manifestou preocupado com os rumos do país, estava pensando em ajudar o povo brasileiro de forma concreta. O momento era de ir para o sacrifício em nome de um Brasil melhor e mais purificado; de arregaçar as mangas e se dedicar à pátria, ao bem-estar do nosso povo sofrido.

Fui concordando com tudo, mas também sem me aprofundar nas perguntas. Não dirigiu a palavra à Camilinha. Mas eu percebia que, enquanto falava, não tirava os olhos dela, das pernas dela, do corpo dela, dos seios dela. E isso era bom. Camilinha, se fosse preciso, faria o serviço no coração dele, sem medo do pecado. Enquanto isso, a Araceli ficaria dando sopa. E uma mulher como Araceli dando sopa é como botar a bola na marca do pênalti e escolher o canto certo para chutar, de preferência no lado oposto ao do goleiro.

Camilinha faz três programas e me liga. Diz que está chegando. São quase duas da madrugada. A orla só não está vazia porque algumas pessoas ainda correm na pista. É preciso admitir, é uma paisagem bonita, a iluminação bem planejada, a chaminé em destaque, o Beira-Rio iluminado de vermelho ao fundo. Não dá para negar que está ali um belo e definitivo cartão-postal de Porto Alegre.

Olho para baixo e fico feliz com o que vejo. É a Camila Queiroz que me acena. Deixei uma cópia da chave da porta do prédio com ela. Ouço o barulho do elevador e vou à porta para recebê-la. Ela vem alegre e animada. Camilinha tem sempre esse ânimo que não sei de onde tira. Não existe coisa ruim para ela, mesmo à mercê desse planeta desconsertado, dessa sucata de mundo que precisamos engolir a cada dia. E é disso que preciso. De uma pessoa puxando o astral para cima, porque para baixo tem gente aos montes para puxar. É só entrar nas redes sociais que elas caem como urubus em cima da gente. Como se a lei da gravidade tivesse para elas um poder maior de atração.

Camilinha me diz que traz novidades. Faz um certo suspense antes de falar. Pega um copo longo, enche de gelo e derrama uísque em cima. Levanta a garrafa, lê o rótulo e me pisca um olho. Sacou, a bandida.

Depois de nos despedirmos na Rua da Praia, fui até o Mercado Público, e lá, numa banca especializada, me abasteci de um uísque à altura do nosso status, dos nossos planos futuros e daquilo que, por justiça divina, somos merecedores. E de cerveja, que cerveja também é o nosso fraco.

Ela toma um gole generoso. Faz uma expressão de prazer.

– Só não dá para se acostumar, né, bonitão – ela ri. – O que é bom nem sempre dura. E esse aqui desce que a gente nem sente.

Se já era feliz tomando Old King, imagina deitando a mão à vontade num verdadeiro Logan doze anos, selado e sacramentado como legítimo pelo bom senso do meu paladar. Somos pobres, mas temos bom gosto.

– Merecemos. Faça bom proveito – eu digo e lhe dou um beijo na boca. – E tem quem prefira chimarrão.

Camilinha faz sinal de positivo com o polegar.

– Mas as coisas não são excludentes, Boquinha.

Concordo, vou à cozinha e trago uma tábua de frios, queijos, um camembert ainda na caixa, presunto parma, salamito, três tipos de pães, conserva de berinjela, azeitonas pretas, damascos secos, tâmaras, pistaches, patê, azeite virgem e pastas de gergelim e de grão de bico.

Camilinha arregala os olhos, coloca a mão no peito. E sua expressão não é de susto, mas de exaltação.

– Arrasou, Boquinha!

– Ao Glorioso!

– Nem quero comer muito para não ficar mal-acostumada.

Larga o copo sobre a mesa.

– Até dá vontade de postar no Insta.

Ela tira a foto de Júlio César da bolsa e me devolve.

– A Gaby, que faz ponto comigo, disse que conhece. Tem certeza.

Pega um pedaço de pão, passa pasta de grão de bico em cima e leva à boca.

– Então, ao Glorioso! – diz. – Dos deuses, bonitão. Isso é que é ser feliz, juro. O problema é que esse tipo de graça sempre tem hora para terminar.

Olho para a foto.

Ela termina de mastigar o pão.

– Fazia pista na São Carlos, esquina com a Câncio, me disse a Gaby.

Casualmente, depois de passar no Mercado Público, eu havia ido até a São Carlos para dar uma olhada no ambiente. Ali é o ponto mais tradicional da cidade. Pela lei das probabilidades, eu poderia ser premiado com um lance de acaso. O movimento ainda era pequeno. Passei umas três vezes, mas das fisionomias que vi nenhuma tinha os traços que pudessem ser de Júlio César. Mas é preciso ter cautela. Com o carro andando, mesmo em baixíssima velocidade, era impossível ser conclusivo.

Camilinha me ouve. Depois conta que a Gaby fez ponto na área algum tempo atrás e conheceu Júlio César já transformado. Depois da pista, de madrugada, elas se reuniam num restaurante da Cristóvão que virava a noite. Era o lugar onde iam comer, beber e conversar. Seu nome de guerra era Júlia Francesinha. Gaby não tem dúvidas sobre ser a pessoa que procuramos. Era linda e requisitada. Tinha jeito de mulher mesmo, cara de ninfeta, sem traços de homem, voz feminina. Depois de um tempo, desapareceu. E na pista é assim. As minas somem de um dia para o outro, o tempo passa rápido e ninguém mais se importa. A não ser alguma amiga que fica, com quem mantém o vínculo e pode dizer alguma coisa.

Talvez tivesse arranjado um homem para bancá-la. Isso é comum. Homens se apaixonam e as tiram da pista. Ou até mesmo assumem uma relação mais aberta. Outras são assassinadas, mas, nesse caso, todo mundo fica sabendo, mesmo não sendo destaque na imprensa. E isso a Gaby tem certeza de que não aconteceu. Teria visto, embora não seja uma hipótese cem por cento descartável.

Obtínhamos, portanto, um fio de meada, um lugar por onde começar. Camilinha ainda explicou que talvez ela tivesse simplesmente saído da pista para atender em local próprio. Isso também é comum, inclusive com garotas. Alugar um apartamento no Centro e anunciar num site especializado. O que, aliás, é o sonho da Camilinha.

Peguei o computador e começamos a pesquisar. São muitos os sites com anúncios. Das fotos que vimos, porém, nenhuma se parecia com Júlia Francesinha. Mas esse era um trabalho exaustivo. Para ser feito com tempo. Havia também outra possibilidade, me disse Camilinha. Quando o movimento diminui, as meninas fazem uma troca. Uma daqui vai para o Rio, por exemplo, e uma do Rio vem para cá. Mantêm os aluguéis dos respectivos apartamentos, normalmente.

Camilinha e eu derrubamos uma garrafa de Logan. Nosso próximo passo seria conversar com as meninas da São Carlos. Quando me preparei para pegar outra garrafa, tocou o telefone.

Olho a tela e sinto um coice no peito. É Araceli, àquela hora da noite, passando três da madrugada.

Noto que ela fala sussurrando, ofegante.

– Me espere às seis e quinze. É importante.

E desligou sem me dar tempo para nada.

De comum acordo, Camilinha e eu decidimos suspender a abertura da segunda garrafa de uísque. A primeira nos deixara eufóricos, mas uma segunda poderia nos entortar a caveira até a tarde do outro dia.

Havia duas opções. Continuar bebendo até Araceli chegar ou parar tudo e tirar um sono de menos de três horas para estar lúcido e disposto quando ela chegasse. Optamos pela segunda alternativa. Outra coisa boa da Camilinha é que ela tem bom senso. Do jeito que as coisas iam, tempo e amizade para derrubar aquela outra garrafa não nos faltariam. Ela não pensou só nela, pensou em mim também.

Camilinha, no entanto, disse que dessa vez não iria para casa. Dormiria ali e azar da pastora se a visse na minha cama. Também de comum acordo decidimos puxar o biombo do escritório e o posicionarmos ao lado da cama, de forma que ela ficasse oculta. Araceli já conhecia meu apartamento. Não ia fazer diferença ter ou não o biombo no escritório para ocultar o resto.

Camilinha tomou um banho rápido e se deitou ao meu lado. Odiava dormir de roupa. Nem calcinha, nem nada. E isso era sempre motivo para eu ficar perturbado. Ela tinha um cheiro bom, que se acentuava quando umedecia a pele. Dessa vez, me controlei pensando em Araceli, nos lábios de Araceli, nos olhos amendoados de Araceli, na pele ambarina de Araceli, no sorriso de Araceli por onde aparecia aquele sórdido vão entre os incisivos, por onde se desnudava sua alma, até que peguei no sono e acordei com o toque do despertador do telefone, no chão, ao lado da cama.

Era hora de receber a bispa nas portas do coração. Saltei da cama e fui tomar banho. Camilinha ficou como estava, nua, de bruços, sem se dar conta ou perceber os meus movimentos.

6

Ela ouve meus passos, amacia os seios com as palmas das mãos em concha e me olha com ironia.

Quando volto para trancar a porta, depois de ir até a janela e, lá embaixo, ver Araceli indo embora, o pastor Ediraltino ainda faz uma entusiasmada pregação. São os instantes finais do programa.

– A mulher que fica em casa. Que cumpre seus deveres de esposa. Que segue à risca os desígnios de Deus como administradora do lar, que se dedica aos labores domésticos, que obedece ao marido, que se veste de acordo; essa mulher correta e fiel não dá margem à violência contra seu corpo. Em primeiro lugar, porque não é vista onde não deve ser vista. Está onde deve estar: em casa, em segurança, sob a vigilância de Deus. Segundo, porque mulheres são acossadas, sim, e muitas vezes até mortas, mas porque dão margem ao tentador, porque saem de casa sem o consentimento do marido, porque se vestem orientadas pelo maligno. E, assim, malvestidas e em lugares impróprios, provocam o pecado e a violência. Estando fora do lar e se vestindo de forma inadequada, a mulher abre as portas para a desgraça e o pecado do socialismo. Ó Glorioso!

Passo a chave na porta e respiro fundo. O cheiro de Araceli ainda vai permanecer por muito tempo na atmosfera da casa. Pego o controle remoto para desligar a televisão e ouço um barulho. Me viro para o lado e vejo o corpo inteiro, sem tirar nem pôr, da Camila Queiroz, que acaba de sair de trás do biombo. Está nua, as longas pernas torneadas na posição de um compasso. É uma geometria alinhada, pronta para manter em harmonia as duas rotações da terra tão logo der os primeiros passos. Ajeita os cabelos sobre os ombros e me confronta. Seu jeito de me encarar é o meio-termo entre uma irritação verdadeira e a simulação perfeita. Simular sentimentos e as expressões relativas a esses sentimentos faz muito bem a Camilinha, diga-se de passagem. Mas isso não é um defeito. Para mim, é virtude.

– Não sei quem é mais calhorda – ela diz, dando o primeiro passo na direção da porta do banheiro. – Você ou esse patife desse pastor.

Aponta para a televisão e entra no banheiro. E não deixo de admirá-la, no átimo de tempo entre sua passagem ao meu lado e seu desaparecimento além da porta.

– Fiquei só ouvindo teu papinho de cafajeste querendo comer a bispa – ela diz, e ouço o som da urina dela caindo sobre a água do vaso.

Camilinha solta um sonoro gemido de alívio, enquanto o barulho do líquido despejado se torna mais vigoroso.

Vou até a porta do banheiro e vejo-a de perfil. Suas nádegas contidas pelo assento do vaso, os cotovelos apoiados nas longas coxas nuas, as pontas dos pés sobre as lajotas e o rosto levemente erguido na direção dos azulejos da parede são uma obra perfeita que nem na ala VIP do Louvre se poderia apreciar. Mesmo que aquela seja uma cena corriqueira, meus olhos jamais se acostumarão a ver Camilinha pelada na minha casa como algo banal.

Ela ouve meus passos, amacia os seios com as palmas das mãos em concha e me olha com ironia.

– Não deixa de ser uma boa história, bonitão. – solta um novo suspiro de alívio, enquanto relaxa o corpo.

O barulho no vaso vai cessando.

Volta o rosto para o branco da parede, e sua expressão é de prazer. Com os dois indicadores faz um desenho solto no ar, igual ao juiz de futebol antes de anunciar uma decisão tomada a partir do VAR, e diz:

– "Bispa trepa com detetive enquanto o marido pastor faz programa ao vivo na televisão".

Camilinha solta uma gargalhada. Rasga um pedaço de papel higiênico do rolo e se enxuga. Levanta-se, entra no box e abre o chuveiro. Vejo o jorro d'água caindo sobre seus ombros e descendo pelas costas, pelas nádegas, pelas longas pernas de compasso. Ela pega o sabonete e se ensaboa lentamente. Vira-se para mim e me encara.

– Você é um grande filho da puta, Boccanera. E essa cretina dessa bispa ainda vai dar pra você. Escuta o que estou te dizendo.

Ao chegar, Araceli atravessou a porta como se fugisse. Antes de girar a chave na fechadura, ainda parei para ver se ouvia os passos de algum possível perseguidor. Ela olhou em volta. Pela cara, percebeu a ausência do biombo fazendo a divisória do escritório com o resto do JK. Era a terceira vez que vinha ao meu escritório. E, pelo visto, era uma boa observadora.

Espichou o pescoço além da pequena parede que faz o L e viu o biombo, ocultando a cama. Mas não falou nada.

Disse que, apesar da hora, iria aceitar um gole de uísque. E me revelou, sem delongas, como se já fôssemos íntimos, que Ediraltino, depois do programa, iria direto para o aeroporto. Tinha compromissos em Brasília com o presidente. Sendo assim, ela não corria o risco de ser pega por ele com a boca cheirando a álcool.

Caminhei até a prateleira e peguei o Logan doze anos que, por causa dela, Camilinha e eu deixáramos de beber horas atrás. Quando me voltei, ela já havia pegado um copo de cima da pia. Estendeu o braço para eu servi-la. Virei a garrafa meio sem jeito e saiu um jorro grande. Ela agradeceu e entornou o copo. Não percebi alteração alguma no seu rosto. O uísque desceu como se fosse água. À nossa frente, para deixá-la segura contra qualquer possibilidade de surpresas, o pastor Ediraltino Canassanta, ao vivo, pregava a seus fiéis.

– Irmãs, lembrem-se que Deus é amor e nos ama. Mas é preciso merecer o Seu amor infinito. Seu amor não vem assim, de graça, sem sacrifícios e retribuições.

Araceli baixou o copo para me olhar.

– Qual é o problema? – ela disse.

Fiquei surpreso com a pergunta. Ela sorriu. E emanou de seu rosto aquela sensação de que era por ali, através daquele pequeno vão entre os incisivos, que se revelavam todos os seus segredos e intenções. Mas era só uma impressão, eu precisava reconhecer. Se fosse verdade, eu teria entendido a pergunta. Se havia algum problema, devia ser com ela, para convocar aquela reunião tão em cima da hora.

– Você parece assustado – ela acrescentou.

Eu consegui sorrir. Fiz uma brincadeira que depois, de cabeça fria, vista sob a luz da razão, me pareceu das mais infames.

– Minha mãe disse que já nasci assustado. Aos berros.

Felizmente, ela não fez comentários. Tomou outro gole. E me ofereceu o copo. Agradeci, disse que ainda estava sob os efeitos de uma garrafa que havia derrubado não fazia muito.

Então, ela sentou-se no sofá. Sua saia escura lhe tapava até um palmo abaixo dos joelhos. Mas o que ficava à mostra era extraordinário. Duas pernas de cor uniforme, sem manchas, um molde para replicar a obra perfeita quantas vezes fosse preciso nas distâncias do universo. Soltou os cabelos, e aquele gesto banal, que em outra mulher pareceria algo corriqueiro, vindo dela me despertou um furor de alumbramento igual ao de quando, pela primeira vez na vida, vi uma mulher pelada na minha frente. Seus cabelos pretos balançaram sobre os ombros, ela remexeu-os com as pontas dos dedos e uma onda gigante de calor me atingiu o corpo, indo culminar com uma grande ereção sob o aperto da calça jeans.

Ela, então, secou o copo e largou-o sobre a mesa.

– Fiquei preocupada – ela disse. – É preciso ter cuidado com o Ediraltino.

Fiz que sim com a cabeça. E aproveitei para olhar a tela da televisão e me certificar de que ele estava mesmo ali, tão perto a ponto de eu vê-lo ao vivo, mas também tão longe a ponto de nos deixar menos aflitos.

Ela continuou, ainda mexendo nos cabelos, como se aquilo fosse uma novidade à qual ainda precisasse se acostumar.

– Você e sua namorada estiveram ontem na igreja.

– Sim, sim – eu respondi imediatamente, como se a rapidez da minha resposta pudesse amenizar a preocupação de Araceli com a nossa ida ao culto.

– Ediraltino é muito esperto. A mania de perseguição com a crença em teorias conspiratórias e com o poder que acredita ter nas mãos fazem dele um homem perigoso.

– Entendi – eu disse, com um fio de voz, ainda extasiado com o *plus* de beleza adquirido por ela a partir dos cabelos soltos.

Ela tirou da bolsa um pedaço de papel onde havia algo anotado. Levantou o rosto.

– Este nome, Walter Jacquet, lhe diz alguma coisa?

– Sim, sim – reagi imediatamente. – Um colega detetive dos mais renomados.

– Tão logo vocês saíram da igreja, Ediraltino o procurou.

Não entendi de imediato.

Ela explicou que, a partir da nossa visita ao culto, ele passou a desconfiar da minha intenção. Eu estava sendo pago para procurar o filho. Não para bisbilhotar suas atividades. Ele tinha razão. Foi um pequeno passo em falso. Mas eu não contava com a possibilidade de ele nos ver em meio a tanta gente. Ediraltino era um homem perigoso. Em negócios com ele, não dava para dar chance ao azar.

Araceli continuou:

– Então, Ediraltino foi atrás de alguém para seguir você.

– Mas é muita paranoia – eu disse.

– Ele não confia em ninguém. Tem seus medos... e seus motivos. Que não vêm ao caso.

Agora ela foi reticente. E pareceu um tanto melancólica.

Pediu mais bebida. Eu a servi. Ela tomou um farto gole. Não me pareceu que aquilo, deitar nos queixos uísque puro, cedo da manhã, fosse algo estranho na sua vida.

– Ele pensou muito antes de contratar você para encontrar Júlio César. Mas entendeu que, caso seu inimigo usasse o filho para atingi-lo nas suas pretensões, o estrago seria maior do que correr o risco de alguém xeretar a sua vida.

– Ou seja – eu disse, pegando o copo para beber junto. – Ediraltino não é santo. E sabe disso mais que ninguém.

Ela movimentou a cabeça em sinal de positivo.

– Exatamente. Na medida que ninguém o é... vamos combinar.

Ela pareceu irônica. Eu entendi. Podia ter dito que não era bem assim, quanto a isso não ia comentar nada, mas deixei a água correr.

– E você precisa se cuidar – ela disse. – O Ediraltino é capaz de tudo. Não admite ser contrariado. Muito menos que alguém se interponha entre ele e suas pretensões.

Ela se levantou e foi até a janela. E disse, enquanto caminhava, de costas para mim:

– O tal Walter Jacquet não aceitou seguir você, um colega de trabalho. Alegou questão de ética. Foi irredutível, mesmo Ediraltino tendo despejado um caminhão de dólares sobre sua mesa.

Levantei-me e fui atrás dela.

Ela disse:

– Mas não vai faltar alguém que aceite o trabalho. Você precisa estar atento. Se encontrar Júlio César, não o exponha. Dê um jeito de me avisar primeiro.

– Fique tranquila. Dou minha palavra.

– Ediraltino diz que está arrependido. Quer uma reconciliação com o filho. Mas uma reconciliação, para ele, significa obrigatoriamente a outra parte aceitar a proposta dele, as imposições dele, concordar com o que ele quer e exige. Caso contrário, considera-se traído. E aí não medirá esforços para se vingar.

Ela olhou para o horizonte, para a orla, para os poucos caminhantes, para a paisagem sob o sol da manhã, ainda oblíquo em direção à margem oposta do rio, apoiou os cotovelos no parapeito, e vi que uma leve brisa remexeu as pontas dos seus cabelos. Eu disse uma bobagem qualquer e ela riu com gosto. E me lembrei de minha avó. Ela dizia que mulher que treme a bunda quando ri tem parte com o capeta. Não é preciso muito para infernizar para sempre a vida de um chefe de família. Aproximei-me e a abracei por trás. Ela soltou um suspiro, quase um gemido. Enfiei a mão por baixo da sua saia e subi. Ela segurou-me quando eu chegava na altura do sexo. Virou-se e pude ver, de uma distância até então desconhecida, o tamanho de seus cílios, que pareciam postiços. O cheiro de uísque por si só, para mim, já é um sinal de loucura. Misturado ao hálito dela, era veneno direto na jugular. Busquei sua boca e ela aceitou. Com a ponta da língua, procurei-lhe o vão entre os incisivos. Senti-o ali, materializado e junto a mim. Me achei o alpinista que chega ao pico da montanha mais alta do planeta. E, sem me dar conta, quase perdi o comando das pernas. Para não cair, me apoiei nela. Ela percebeu e firmou o corpo. Nos aprumamos, agarrados um no outro. Foi um longo beijo, com tempo para eu lhe enfiar a mão por baixo da saia e lhe agarrar as nádegas, sob a calcinha. Quando isso aconteceu, ela se afastou. Olhou para a imagem de Ediraltino, pregando a palavra de Jesus na televisão, pediu desculpas e disse:

– Ainda não estou preparada para isso. Traição é uma palavra que nunca existiu no meu dicionário. – Eu fiz que acreditei. – Preciso me acostumar a ela.

E sua voz foi se tornando amarga a partir do meio da frase.

"Tá bom", eu pensei, sem deixar de mirar bem no fundo dos seus olhos de bandida.

Começou a refazer o coque com as duas mãos, na altura da nuca. Fez aquilo com uma rapidez que eu não imaginava possível. Olhou para o volume na minha calça e passou a mão espalmada sobre a dureza do meu sexo. Deu um sorriso de malícia. Voltou a olhar Ediraltino na tela.

– Agora tenho que ir. Não quero dar chance para o azar.

Fiz uma cara de contrariado.

– Venha ver o pôr do sol quando quiser.

Ela sorriu sem abrir a boca. O que também era bonito.

– Virei, sim. Me espera.

Abracei-a com força. Beijei-a de novo. Ela correspondeu, mas dessa vez me pareceu tensa. Não forcei a barra. O que ocorrera até ali já era um avanço.

Desvencilhou-se dos meus braços e caminhou até a porta. Antes, ao passar pela mesa, tirou um envelope pardo da bolsa e largou-o em cima. Saiu sem olhar para trás.

Fui até a janela. Ela caminhava para o outro lado da rua, onde estava seu carro estacionado. Esperei que olhasse para cima, para lhe acenar, mas ela seguiu de cabeça baixa até abrir a porta e entrar. O movimento da rua ainda era pequeno. Até onde pude ver, ninguém a seguiu.

Voltei ao escritório para chavear a porta, e a voz de Ediraltino, na televisão, me provocou um temor oculto, sem origem identificada. Afastei as ideias escuras da cabeça e me virei para o biombo. O dia estava claro. Não era minha intenção voltar para a cama. Ia fazer café para começar bem o dia.

7

Quase na esquina, muito perto de onde estamos, um carro para e uma travesti vai conversar com o motorista, com a cabeça dentro da janela. Depois de uma rápida conversa, ela entra.

Quando a Camilinha sai do banho, só com a toalha enrolada na cabeça, o corpo nu e úmido, eu acabo de voltar do mercadinho do portuga, que fica aqui no térreo. Trago pão quentinho e frutas para preparar o nosso desjejum. Antes de sair, havia deixado uma chaleira esquentando para passar o café e ganhar tempo. Queria estar com tudo encaminhado quando ela saísse do banho.

Vou direto à cozinha. Camilinha caminha até o biombo, pega suas roupas do chão e se veste, de costas para mim. A luz indireta da janela bate no seu corpo e, mesmo precisando desligar o gás com a chaleira fervendo, espero até ela se vestir. É um ritual espetacular. Só depois desligo a chama onde a água ferve. Camilinha, de qualquer ângulo por onde se olhe, é um espetáculo vivo da natureza profunda que não pode ser negligenciado.

Despejo a água sobre o pó de café e não demora para o aroma invadir o apartamento e afastar todo e qualquer resquício duvidoso da noite que possa estragar o nosso humor matinal. Camilinha se vira, aspira fundo, de olhos quase cerrados.

– Uau! O que mais gosto quando durmo aqui é esse cheirinho de café logo cedo, Boquinha – ela diz, sacudindo os cabelos sobre os ombros e me piscando um olho. – Além da tua companhia, é claro.

Vem e me abraça por trás, aconchegada às minhas costas, e apoia o rosto sobre meu ombro. Depois, me ajuda a arrumar a mesa. Ao mesmo tempo, no micro-ondas, eu esquento as nossas canecas com leite, onde, em comunhão, logo a seguir, despejaremos o café recém-coado, quentinho e forte. A vida não é uma desgraça como muita gente pensa ou quer fazer a gente pensar que é. Entre uma tragédia e outra, entre uma evacuada e outra, dia sim, dia não, como sugeriu o capiroto, ainda sobra um tempinho para aproveitar as coisas boas que estão ao alcance da mão.

Sentamo-nos frente a frente, e é ela quem puxa o assunto Araceli.

– Me pareceu que essa bispa está louca para entregar alguma falcatrua do marido – ela diz, rasgando um pedaço de pão para passar manteiga em cima. – E também louca para que você a coma, bem comida, não sei se exatamente nessa ordem. Escreve o que estou te dizendo.

Eu me limito a sorrir. Acho que, no fundo, Camilinha sente ciúmes de Araceli. E isso me dá um certo prazer, que tento dissimular.

Ela continua:

– Penso até que essa tua zoação pra cima dela está prejudicando o teu trabalho.

– Meu trabalho? – fico espantado.

– Sim, Boquinha. O teu trabalho.

Pela basculante da janela, às costas dela, entra uma réstia de sol que lhe delineia o perfil. E ela fica com um ar superior, com aquela espécie de auréola a lhe dourar com nitidez a linha curva da cabeça.

– No dia em que o pastor esteve aqui, você teria que ter puxado mais por ele. Não te passou informação nenhuma sobre Júlio César. Só que é seu filho, saiu de casa há dez anos, que teria trabalhado numa loja de autopeças da Azenha, que apagou ele da cabeça, que hoje não seria capaz de reconhecer ele se o encontrasse na rua.

Ela mastiga o pão e serve-se de suco.

– Isso é como não ter nada, bonitão. Vai pegar a foto do cara e sair pela Rua da Praia para ver se o encontra? Só louco.

Dou razão a ela. O que o pastor me disse era mesmo muito pouco. Eu devia ter puxado mais por ele. Se não desencravar alguma pista na Azenha, fico de mãos amarradas, num beco sem saída. O certo é que Araceli me desviou do foco tão logo eu a vi. Camilinha percebeu isso ao estudar o jogo de fora do tabuleiro. Está atenta para os lances e suas possibilidades. Isso me agrada, poderá corrigir alguma babada, num momento em que minha guarda estiver baixa por causa da bispa.

– Você tem razão – eu admito.

Ela continua:

– Você só sabe do resto, de que ele foi expulso de casa por ser gay, transicionou e fez pista na São Carlos como Júlia Francesinha, porque a pastora veio aqui e abriu a boca. E porque fiz uma pesquisa com a Gaby.

Camilinha vai falando e vou concordando com a cabeça, mesmo que ela esteja exagerando. Tentei arrancar alguma coisa do pastor, mas ele foi refratário, não abriu o jogo. Também não quis insistir para evitar uma controvérsia logo na largada.

– Você nem fez uma pergunta básica à pastora... quem é esse inimigo de Ediraltino que quer lhe puxar o tapete no caso da candidatura a deputado? Isso é elementar, bonitão. Você precisa saber quem é esse cara. E não deixar essa bispa te virar a cabeça a ponto de você esquecer coisas básicas da tua profissão. Quer comer, coma. Mas não jogue dinheiro pela janela.

– Você tem razão – eu concordo. – Hoje à noite vou dar uma passada na São Carlos. E puxar mais pela Araceli no nosso próximo encontro.

– Acho que você faz bem. Fregueses como esses a gente não acha dando sopa em qualquer esquina. Tem que cultivar e manter até onde der.

Eu coloco a minha mão sobre a dela, no outro lado da mesa.

– E quero que você venha comigo, hoje à noite, até a São Carlos.

Camilinha não diz nem sim nem não. Leva a caneca de café à boca, e sua imagem sob a luz filtrada pela basculante lembra uma propaganda de produto matinal na televisão. Baixo a mão até o bolso da calça e pego o envelope que Araceli deixou sobre a minha mesa antes de sair. Entrego a ela.

– O que é isso?

– Abre.

Dentro tem 2 mil dólares. Camilinha arregala os olhos.

– Para você me ajudar – eu digo.

Ela conta as notas de um jeito atabalhoado.

– Tudo para mim, Boccanera!?

– Sim. O Glorioso está no comando. E precisamos fazer a nossa parte.

Camilinha ainda parece incrédula.

– Caralho! Se você não está brincando comigo, vou usar essa grana para fazer aquelas fotos e anunciar no site.

– Foi o que pensei.

Camilinha monta um leque com as notas abertas. Levanta-o como o capitão de um time que acaba de ser campeão e quer mostrar o troféu à torcida. Está feliz e agradecida. E faz questão de se mostrar assim. Camilinha é sincera. Jamais a imaginaria fingindo um sentimento que não é o seu.

– E dar uma melhorada no meu local – ela diz. – Comprar uns lençóis mais transadinhos, um sofá... Ai, nem acredito, Boquinha!

Ela enxuga os lábios de café com um guardanapo, espicha o pescoço e me dá um selinho.

– Ó Glorioso!

O projeto de Camilinha é sair da pista. Anunciar num site e receber os clientes em casa. Gosta da rua, das amizades com as outras garotas, mas o perigo se esconde atrás de cada esquina. Além do mais, é obrigada a repartir a grana com o cafetão que a protege. Anunciando num site, pode faturar mais. E tem autonomia sobre o que fatura. Mas, para isso, precisaria de um capital. Para anunciar, há custos iniciais: produzir fotos, deixar o apartamento mais atraente e pagar uma mensalidade para o site.

– Vou acertar com o Prenda Minha hoje mesmo. Na semana que vem, já estarei anunciando, Boccanera. Uhuuu!

Terminamos de tomar café. Camilinha se levanta, contorna a mesa e se pendura no meu pescoço. Está feliz e isso me faz bem. Camila Queiroz é a minha mulher top. É ela quem segura a minha barra quando estou para baixo. Não se nega a vir para cá quando a chamo para me fazer companhia, para conversar e não me deixar tão só. Encara meu uísque barato e não reclama. Até elogia. Se eu não fizer algo por ela, vou fazer por quem? Além do mais, algo me diz que grana não vai ser o nosso problema pelos próximos meses, até se resolver essa questão do filho do pastor. É só a gente administrar bem a situação. Não ir com muita sede ao pote, mas não vacilar e dar chance para o azar, espantando para longe a nossa galinha dos ovos de ouro. E, para isso, precisamos conciliar bem os dois interesses, o do pastor Ediraltino e o de Araceli. Esse é o jogo a ser jogado até chegarmos ao paradeiro de Júlio César, a Júlia Francesinha da pista da São Carlos. Depois a gente vê o que fazer.

Araceli não fez contato durante o dia. Pelo tuíter, fiquei sabendo que Ediraltino ainda estava em Brasília. Passei a acompanhá-lo, sem segui-lo para não dar bandeira. Durante a tarde, participara de um grande culto na sede nacional da sua igreja, no qual estiveram presentes deputados e senadores aliados. Por duas horas, oraram pelo progresso do Brasil e pela saúde do presidente. Ele precisaria passar por uma nova cirurgia, devido a sequelas das facadas que levara durante a campanha eleitoral. Esse era um problema dele, jamais eu quereria o seu mal ou tripudiaria da desgraça alheia. Mas se ajudava a manter Ediraltino em Brasília, eu só tinha a agradecer ao Glorioso.

Com Ediraltino longe, envolvido numa ação de importância nacional, Araceli ficava livre. Mas não havia dado notícias. Pensei em fazer contato pelo telefone do cartão deixado com os dólares, mas achei prudente esperar, embora a vontade fosse grande. Não conseguia esquecê-la. O beijão molhado, a minha língua procurando, e localizando, o vão entre seus incisivos, o volume da sua bunda pressionado pela força das minhas mãos, o brilho dos seus cabelos soltos refletindo a primeira luz da manhã vinda da orla, eram todas imagens passando e repassando vívidas na minha memória. E das quais, eu tinha certeza, não me livraria tão cedo. Só quando as substituísse por outras, também de Araceli, mais contundentemente profundas.

Camilinha passara o dia envolvida com a arrumação do apartamento e com as fotos para anunciar no site. Havia telefonado várias vezes para me atualizar sobre a evolução dos trabalhos. A felicidade transbordava junto com a pronúncia de cada palavra. E eu também ficava feliz, apesar da ansiedade por causa da ausência de Araceli. E isso é o que a gente leva da vida. O prazer de devolver o bem a quem bem nos faz. Camila Queiroz é uma figura top na minha vida de altos e baixos.

Mais tarde, fiquei sabendo que, no dia seguinte, sábado, em Brasília, haveria um culto na sede nacional da igreja de Ediraltino, às seis da tarde. Nele, estaria presente o próprio presidente e a primeira-dama. O bispo nacional da igreja e seus pastores fariam orações de consagração. Orariam pela pronta recuperação do presidente, assim como pela remoção dos obstáculos que a oposição e a imprensa de Satanás vinham espalhando no seu caminho.

Anoiteceu e nada de Araceli. Decidi esperar pelo próximo movimento dela. Fiquei na minha. Demonstrar muito interesse a deixaria se achando. O passo seguinte dela seria pisar em cima de mim. Sem dó nem piedade. Já vira esse filme.

Às dez horas, mando um Whats para a Camilinha. Aviso que vou passar na casa dela em seguida, para irmos à São Carlos.

Ela entra no carro. A alegria e o bom humor explodem em cada frase pronunciada. Conta que mais um dia e o apartamento ficará em condições de receber clientes. Havia falado com uma travesti conhecida. A gente precisava de uma espécie de senha para conversar com as garotas da São Carlos. Elas desconfiam de quem chega fazendo perguntas. Ainda mais se as perguntas se referem ao paradeiro de uma colega. Até partem para a agressão.

Acho sensato dar uma volta nas adjacências e só depois entrar na rua. É bom ir se adaptando ao ambiente antes de mergulhar nele. Ao descer a Ramiro Barcelos, entrando à direita, na esquina da Avenida Farrapos, as casas noturnas se sucedem. Ao anoitecer, o bairro ganha outra luz, outra aparência. A imagem de prédios austeros ou degradados é engolida pelo show das luzes de neon, coloridas e cintilantes. É a personalidade noturna do bairro que assume seu papel no cotidiano da cidade. Outra dimensão se abre, não menos perigosa que a diurna, de assaltantes e trombadinhas, mas com uma estética de embelezar os olhos. Na calçada, na frente de algumas casas, mulheres seminuas andam de um lado a outro, atraindo possíveis fregueses, especialmente nos carros que passam em baixa velocidade. Alguns param, uma delas se aproxima, os vidros baixam, uma rápida conversa é mantida através da janela. Não demora e o carro arranca, devagar e discreto. Uns estacionam logo a seguir. Outros seguem a sua busca, e a mulher volta para a calçada, à espera de outra abordagem. Essas mulheres, em princípio, não estão ali para fazer programa, mas para atrair clientes às casas. Uma vez lá dentro, no entanto, tudo pode acontecer.

Depois de rodarmos um tempo pelo bairro, entramos na São Carlos. Passamos uma vez, seguindo a lentidão natural do fluxo. Há muitas travestis, desde a esquina com a Câncio Gomes até duas quadras adiante, quando começa o território das mulheres. Na segunda passagem, Camilinha me manda parar. Uma das que fazem pista é sua amiga. Pode nos ajudar a abrir as portas da área, sem estresse. Chama-se Luana Gaúcha, também é amiga da Gaby. Já estiveram juntas de madrugada várias vezes, no Alfredo, na Cristóvão Colombo, onde costumam comer, beber e conversar depois da pista.

Assim que desce, Camilinha é reconhecida. Luana vem ao seu encontro, enquanto eu desço do carro. Ela olha para mim, sorridente.

– Arrumou um bofe pra te sustentar, piranha?

E solta uma gargalhada.

Camilinha também ri. Espera eu me aproximar, me segura pela mão e me apresenta a ela. Ao lado, as outras travestis nos observavam com curiosidade.

– Este é o meu amigo Boccanera. Temos um assunto sério...

Luana a interrompe.

– Nossa, assunto sério me dá medo. Mas tudo bem, desde que não venham me convidar para ser gado, ou tirar o Mito da forca.

Antes de apertar a minha mão, Luana Gaúcha estica o braço até um galho de árvore, junto à calçada, e pega uma canga colorida. Enrola-a na cintura para esconder o sexo, que escapa pelos lados da calcinha de renda vermelha.

– Assim fica melhor. Vamos que teu amigo Boccanera goste do meu dote – diz, e continua rindo. – E te deixe a ver navios, piranha.

Tento manter o ar amistoso da recepção. Fico em silêncio. Apenas movimento a cabeça. Em lagoa desconhecida não é bom se jogar de ponta logo na chegada. É sensato estudar primeiro o ambiente e o que se passa por baixo da aparente calmaria da água.

Luana me encara. Aí eu digo:

– Ainda não é o meu chão, amiga Luana.

Ela fica séria, continua a me encarar, faz uma expressão teatral e vira-se para Camilinha.

– Gostei do "ainda". Você está certo. Nunca diga dessa água eu não bebo, amore.

E coloca a palma da mão sob meu queixo, como se fosse segurá-lo para não cair.

Às nossas costas, uma fila de carros passa em baixa velocidade. Os motoristas espicham o pescoço para encarar as travestis, que acenam de volta.

Quase na esquina, muito perto de onde estamos, um carro para e uma delas vai conversar com o motorista, com a cabeça dentro da janela. Depois de uma rápida conversa, ela entra. O carro desliza lentamente e some na quadra seguinte, em meio ao cintilar colorido de faróis e sinaleiras acesas.

Luana Gaúcha nos puxa para perto da parede de uma velha casa, junto à calçada. Pega uma garrafa d'água do parapeito da janela e toma.

– Fala, piranha – ela diz.

Camilinha tira a foto de Júlio César da bolsa.

– Você sabe onde anda a Júlia Francesinha?

Luana faz uma cara de desaprovação. Respira fundo, toma mais água.

– Não estou gostando disso, piranha.

Olha para mim, com desagrado.

– Seja lá o que for que a mina tenha aprontado, não sou cagueta.

Vou falar, mas Camilinha se antecipa. Ela conhece o espírito da turma. Fico na minha, só ouvindo a conversa.

– Lu, não é nada disso. É para o bem dela. Queremos ajudá-la.

Luana Gaúcha não parece convencida. Faz cara de nojo e aponta para mim, com ironia.

– E o que o cuzão aí tem a ver com isso?

Acho melhor me manter calado. Deixar tudo com Camilinha, que sabe das manhas das amigas que tem.

– A Júlia está correndo perigo – ela diz.

Luana insiste, olhando para mim.

– Não confio na cara desse cuzão aí.

Sinto o braço da Camilinha envolvendo a minha cintura. Acomoda-se no meu peito, como para demonstrar intimidade e confiança. Luana não muda a dura expressão do rosto. Mas não consegue disfarçar a curiosidade pelo assunto.

Camilinha pega a mão dela.

– Lu, o Boccanera foi contratado para localizar a Júlia. Mas no meio do caminho descobriu que a pessoa que a procura quer fazer mal a ela. Então, a gente precisa avisar. Pode haver mais gente procurando ela. Essas pessoas podem chegar primeiro.

Olho para Luana Gaúcha e começo a perder a esperança. Vejo seu ar de deboche, de quem não acreditou em nada do que disse a Camilinha.

– Que coração bondoso tem o teu amigo Boccanera, piranha. Mais um pouco e endureço o pau.

Camilinha é uma guapa. Lembra um desses ginetes de rodeio que montam um cavalo chucro, sem freio e sem rédeas, e demoram a cair. Ela não desiste, nem dá sinais de que vai fazê-lo com facilidade.

E diz:

– Sim, é isso mesmo. O Bocca é uma ótima pessoa. Eu e ele nos conhecemos há séculos. Somos amigos de verdade. Pode confiar nele.

Luana Gaúcha toma mais água. Mas não altera o comportamento de desconfiança.

– Macho amigo de piranha, amore? Só enquanto a amizade for de interesse dele. Conta outra, vai.

– Te dou minha palavra, Lu!

Luana Gaúcha dá uma gargalhada, debochada.

– Palavra de piranha, amore? Repete que não ouvi direito. Quem me garante que ele não tá te ameaçando por trás, pra você dizer isso?

Começo a achar que estamos perdendo tempo, mas Camilinha parece não ter a mesma opinião. Solta um suspiro. E segue na batalha.

– Tudo bem. Se você não confia, tudo bem. Mas se algo de ruim acontecer com a Francesinha, tenho certeza de que tua consciência não vai ficar tranquila...

É preciso reconhecer e louvar. Camila Queiroz é dura na queda. Não se entrega, mesmo com a iminência de levar uma goleada ao se abrir e botar o time no ataque.

Mas Luana se irrita com a história de não ficar com a consciência tranquila. Sua reação chama a atenção das outras travestis. Os carros continuam desfilando na rua, os motoristas com as cabeças viradas, para melhor inspecioná-las.

Luana diz, levando a voz a um tom mais alto:

– Não vem querendo me enrabar com um pepino que nada tem a ver comigo, piranha. Por favor. Eu, fora!

Tenho vontade de me meter na conversa, mas me seguro. Só escuto. Camilinha está indo muito bem.

Ela diz:

– Lu, ouve a história e depois decide se nos ajuda ou não. Pode ser?

Nesse momento, uma Mercedes preta buzina para uma travesti que conversa com a outra, sobre a calçada. Ela vai até o carro, agacha-se para melhor olhar para dentro.

Camilinha puxa Luana Gaúcha para mais perto. Pede um gole d'água da garrafa dela. E passa a contar a história de Júlio César, o filho do pastor Ediraltino Canassanta. Luana Gaúcha vai ouvindo a história e relaxando os músculos das faces, até se render. Mas é preciso reconhecer: não foi uma rendição fácil e tranquila. Todos os méritos para Camilinha, vou para sempre lembrar.

– Tudo bem, piranha – diz Luana. – Tudo o que for contra aquele escroto do Canassanta, conta comigo. – Aponta o queixo para mim. – Mas continuo não gostando do cuzão aí.

– Está bem, um dia você vai mudar de ideia – diz Camilinha.

Luana finalmente diz, apoiando as mãos na cintura, como se estivesse cansada:

– A Júlia deixou a pista acho que há uns seis meses. Purpurinou. Disse aqui que ia morar em Caxias do Sul. Arranjou um gringo empresário só pra ela. Parou de anunciar também. A última vez que soube dela, estava na Itália. Parecia a passeio, mas nada me garante. Vi isso no Insta dela.

– Você lembra do Insta dela?

Luana pensa um pouco. Pega o celular da bolsa, pendurada num galho de árvore.

– Mudou pra Juliana Ju. Depois Juliana Júpiter.

Faz uma pausa para olhar o celular.

– Mas parece que apagou o Insta...

– Lu – eu me atrevo a falar, tentando ser discreto. – E o tal namorado dela, você sabe quem é?

Luana se vira para mim. Depois para Camilinha.

– Estava demorando para o cuzão entrar na conversa.

Aproxima-se de Camilinha, como se o assunto fosse restrito a ela.

– Alguém comentou com as meninas que o Meuquerido sabe da história. Não quero me meter nesse bagulho. Talvez eu até saiba de mais coisas, onde ela está, o que faz agora e tudo mais. Mas não sou eu que vou abrir a boca pra depois pagar pela mula roubada. Falem com o Meuquerido. Se ele abrir o jogo, problema dele. – Luana pensa um pouco. – Eu fora, não sei de nada, não vi nada, não falei nada. Nunca vi Juliana Júpiter na vida. E vou fazer um pedido: não abra a boca pro Meuquerido que falei o nome dele, nunca. Entendeu, amore?

– Entendi, pode deixar.

Vejo um sorriso de satisfação se abrir no rosto da Camilinha. Sorri agradecida. Luana fala sem me olhar, faz questão de mostrar a antipatia que sente por mim.

– É só o que sei. E não me pergunte mais nada.

Camilinha faz que sim com a cabeça. Agradece a Luana e a abraça com afeto.

– O Meuquerido continua fazendo ponto no El Trocadero?

– Sim, mas abre o olho. O Meuquerido agora trabalha pro Gordo Epifânio.

Camilinha a olha com interrogação.

– O Gordo...?

– Sim, o Gordo Epifânio... – Luana vira a cabeça para os lados, cuidadosa. – Você soube que mataram o Galo Fino?

– Sim, claro.

– O Gordo Epifânio assumiu a área no Floresta. É quem manda e arrecada aqui. Se o Galo Fino já era bandido, amore, o Gordo você multiplica por dez.

– Entendi.

– Depois que ele assumiu, já sumiram três garotas da nossa área. E já botaram fogo na padaria da Câncio e na portaria do Aliança. Só para intimidar. Então, abre o olho, piranha.

Luana Gaúcha espicha o rosto para beijar Camilinha, indicando que a conversa está encerrada. Camilinha a abraça e agradece pelas informações.

Estendo o braço para cumprimentar Luana, mas ela não corresponde. Dou de ombros. Me importa é que Camilinha deu conta do recado como uma profissional tarimbada. Sua competência e sensibilidade minaram aos poucos os melindres do adversário. Merece mesmo que eu divida meus honorários com ela.

– Você agora mudou de ramo, piranha? – pergunta Luana.

Camilinha não perde a expressão amistosa do rosto.

– Continuo puta, amore. Mas abrindo outras portas para enfrentar a vida.

De minha parte, considero a antipatia de Luana por mim, pelo menos em princípio, como algo irreversível. Mas não quero dar as portas como definitivamente fechadas.

Tiro um cartão do bolso e nele enrolo uma nota de cem reais. Entrego-os a ela, que demora a entender. Se ela se lembrar de mais alguma coisa sobre Júlia Francesinha ou Juliana Júpiter, me mande um Whats, eu disse.

Luana me olha com a mesma cara de enfado de antes.

– Escroto – ela diz.

Mas pega o dinheiro e o cartão. Essa linguagem não tem quem não entenda, aqui na pista da São Carlos, em Brasília ou na igreja do pastor Ediraltino Canassanta.

Luana guarda o dinheiro na bolsa, que pendura num galho de árvore. Camilinha, então, pede que ela fique com seu telefone também. Luana faz uma cara aborrecida, mas digita o número.

Deixamos o carro no local e caminhamos até o El Trocadero, que fica perto, na quadra seguinte da própria São

Carlos. A agitação na pista das mulheres também é grande. Os carros passam devagar, elas se mostram e se aproximam quando eles param. Duas totalmente nuas fazem sinais e sorriem. Um carro para. Uma delas entra após uma breve conversa. E o trânsito segue, no ritmo da noite e dos interesses de cada um que ali se movimenta à procura de sexo e companhia.

8

O impacto das balas jogou areia sobre suas sandálias. Mas ela não se mexeu, tremia as pernas e os braços, com a cabeça entre os joelhos.

Estou esperando Araceli, que fez contato e disse que viria me ver. Desligo o telefone e vou até a janela olhar a malucada se divertindo lá embaixo. É sábado, e a orla está lotada. Parece um formigueiro a céu aberto depois da chuva. A maioria dos frequentadores circula de um lado a outro, uns correndo, outros simplesmente caminhando, uns com cachorro, outros sem cachorro.

Sentados na grama ou em cadeiras de praia estão aqueles que, na hora do bicho pegar, não querem perder o melhor ponto para ver o pôr do sol. Transbordam felicidade. Até parece que, não demora, a Virgem Maria vai aparecer em carne e osso para anunciar a abertura da *Porta da Esperança* do Silvio Santos, de onde sairá um carro zero para cada um, com seguro e IPVA quitado por dez anos.

Tem ainda o bando das cuias e das térmicas embaixo do braço, para o chimarrão. E tem também o outro bando, não menos numeroso, dos que bebem cerveja na garrafa e cospem no chão. Ambos os grupos, no entanto, têm algo em comum. A proximidade do nirvana estampada nos rostos, como se estivessem na plateia de um circo. Só esperam a atração final, as trapezistas voadoras e os miquinhos amestrados da floresta virgem enfrentando o labrador pateta.

E dê-lhe pôr do sol para alimentar tanta alma sedenta de beleza pura, meu Deus!

Uma mistura de sons entra direto pela janela, já que de lá até aqui não há qualquer obstáculo para interceptar o barulho. Queria ligar o rádio, ouvir alguma do Rei, na Caiçara, "você é mais que um problema, é uma loucura qualquer", mas não tem como. O inferno da orla, àquela hora, impede a mínima tentativa de ser civilizado aqui dentro das minhas próprias quatro linhas.

Mas fico conformado. Não sou de perder a razão por causa dessas pequenas filigranas do cotidiano. Afinal, coisa bem pior há de existir, aqui e agora, não muito longe do meu nariz. Experimente levar um papo sobre ciência e cultura com os seguidores do Mito para ver o que te sobra deste grande latifúndio de fanáticos, meu irmão.

Espero mais um pouco e vejo o carro de Araceli estacionando lá embaixo. Um flanelinha se aproxima. Ela desce e lhe dá uma nota de dez reais. Meu coração é uma máquina de triturar desde que ela me ligou, horas atrás, dizendo para eu esperá-la. Tinha assuntos importantes a tratar. Na hora marcada, Ediraltino estaria em Brasília, ao vivo, participando de um culto ao presidente. Então, poderíamos conversar com tranquilidade, sem o medo de algo dar errado e ele descobrir a "nossa relação".

Foi bem assim que ela disse, a "nossa relação". Essa capacidade perceptiva sobre o que tínhamos construído, em tão pouco tempo, me deu um certo contentamento. Um orgulho de mim mesmo. Ainda me achava em forma para os jogos do coração partido, dos desmanches da paixão. Mas não era por inteiro que eu me sentia feliz e faceiro, apesar do regozijo de primeira hora. Ao mesmo tempo, aquilo que ela chamava de "nossa relação" me deixava um tanto aflito. A esmola quando é demais... Assim, tão de mão beijada, poderia virar pó de mico na virilha se eu não abrisse os olhos. Na verdade, eu nem sabia exatamente quem era Araceli e de que lado ela ficaria na hora de a onça pular do galho e ir beber água na corredeira.

Abro a porta e ela entra. A primeira coisa que faz, depois de olhar para o biombo de volta ao seu lugar, é olhar para a televisão. Está ligada no canal da igreja, que começa a transmitir o culto de livramento do presidente. Para não ficar dúvida, Ediraltino está lá, junto com o bispo, ao lado do presidente, da primeira-dama e do dono de um canal de tevê. O dono da televisão é um sujeito com a cara tapada de botox. Tem mais dentes na boca do que a boca poderia suportar por trás dos beiços revirados de tantos preenchimentos. E que, ninguém me tira da cabeça, é o elo perdido entre a múmia de Tutancâmon e a cópia de cera do ex-presidente argentino Carlos Menem.

Precisa dizer o nome?

A seguir, ela desamarra o coque, de forma lenta e gradual, ao estilo onça saciada se espreguiçando ao sol após a digestão. Consciente, premeditado ou não, é um gesto que, aos meus olhos, é quase uma falta de decoro, que beira a depravação. Mais do que se levantasse a saia, ali mesmo, para me mostrar que está sem calcinha. Seus cabelos pretos se esparramam pelos ombros, vívidos e brilhantes. E isso basta para eu me esquecer de todas as impossibilidades da vida futura e me atire aos braços do capeta, para lhe agradecer a graça de ser feliz.

É hoje que você vai comer a mulher do pastor, me disse a bandida da Camilinha, quando telefonei para dizer que ela havia feito contato e vinha me ver.

– Que o Glorioso te ouça – eu disse, sem muita firmeza, sempre deixando uma brecha aberta, como é de meu costume, para a traição de uma zebra de última hora.

Araceli me olha, os olhos pretos e amendoados fazendo compasso com o volume dos dois lábios se abrindo, e me pergunta, com uma expressão de surpresa.

– O que houve? – e aponta para um curativo no meu supercílio esquerdo e uma grande mancha roxa e inchada, no lado direito do rosto.

Eu sorrio, um pouco sem graça.

– Minha namorada teve uma crise de ciúmes...

Ela me interrompe, de pronto.

– Aquela que estava escondida atrás do biombo?

Acuso o golpe na hora. E minha memória tem dificuldade para ser rebobinada na velocidade exigida pela situação. Flexiono os joelhos, numa espécie de exercício de aquecimento, para disfarçar. E ganhar um pouco de tempo enquanto ela não tira o pretume dos olhos da minha cara.

Na visita anterior, ela tinha visto a Camilinha. Nem desconfiei, e ela também não disse nada.

Ela me conta, então, que a viu, durante o segundo beijo, quando, me assegura de mãos postas, havia tomado a justa decisão de se "deitar comigo", até terminar o culto do marido pastor.

– Mas quando vi a garota achei que era uma armadilha – ela diz.

Já recuperado do golpe, consigo provar que não, foi apenas uma questão circunstancial. Explico que, quando ela me chamou pelo Whats marcando nosso encontro, quase quatro da madrugada, eu não tinha como mandar Camilinha embora. E a solução foi ela ficar ali, atrás do biombo. Araceli faz que acredita e eu também faço que acredito que ela acreditou. Diz tudo bem e parece não se importar de ter sido vista por Camilinha, na hora em que nos empenhávamos em acomodar um chapéu de vaca na honorária cabeça do pastor Ediraltino Canassanta.

Só perguntou:

– E essa crise de ciúmes foi por isso?

Respondo que sim.

Ela passa a mão no meu rosto machucado, no supercílio, e sorri.

Acho que engoliu a história. Mas meu lema é não acreditar de imediato no que me dizem os astros. É deixar um pé sempre atrás para manter o corpo em equilíbrio e evitar o tombo, caso venha um golpe de surpresa.

– Quem sai na chuva é para se molhar – ela diz, e aproxima os lábios para um beijo.

Enquanto isso, ali ao nosso lado, na televisão, inicia-se o culto de orações de livramento do presidente.

–Vai arrebentar! Vai arrebentar, irmão! Você será testemunha, meu irmão, de como será a vida deste homem após esta consagração! – grita o bispo Waldério Miracalva, alucinado, com o indicador em riste tocando no peito do presidente.

Araceli se afasta e caminha até a janela. O sol ainda está um pouco alto, longe do horizonte. Ela olha à distância a outra margem do rio, depois se vira de frente para mim. Com os quadris apoiados na janela, passa outra vez a mão no meu rosto machucado.

– Fiquei com medo de que tivesse sido coisa pior. Ciúme de namorada um homem como você tira de letra.

Senti que suas palavras carregavam uma boa injeção de ironia. Mas, além disso, vi também que era uma questão de faro da parte dela. Faro fino, de quem pensa rápido antes de puxar o gatilho. De quem percebe que, muitas vezes, uma grande corrente de rio corre por baixo daquilo que aparenta ser apenas um fio d'água descendo na superfície de um campo florido.

Não temo afirmar que ela não estava convencida sobre a história do ciúme. Mas também não queria me confrontar, talvez por ter certeza de que, cedo ou tarde, ficaria sabendo o verdadeiro motivo dos machucados. Pela minha própria boca, inclusive.

O fato é que Araceli tinha razão. Era algo mais grave do que uma simples cena de namorada ciumenta:

Na noite anterior, tão logo chegamos à quadra seguinte da Rua São Carlos, a caminho do El Trocadero, um carro parou ao lado da calçada, lá na esquina com a Câncio Gomes. O motorista chamou Luana Gaúcha para um programa e a fez entrar. Isso foi o que relatou Luana depois, em detalhes, para Camilinha, ao telefone, na madrugada da mesma noite.

Luana contou que estava amedrontada. Não sabia o que fazer dali em diante. Camilinha ficou muito tensa quando ouviu a história. E eu também.

Ao ver a porta aberta do carro, Luana viu que um homem estava no banco de trás. Mesmo desconfiada do jeito dos dois, entrou. Não tinha outra alternativa. Sentou-se na carona e saíram. Nem haviam chegado à esquina e ela sentiu o cano de uma arma tocando sua nuca.

– Fica quietinha – disse o homem que segurava a arma.

O motorista dobrou à direita e tomou o rumo da Farrapos, sentido aeroporto. Não andaram muito. Nem tiveram a preocupação de vendar os olhos dela. Não estavam preocupados em ocultar o lugar para onde iam, e isso era mau sinal, contou Luana.

Desceram até a Voluntários da Pátria e, embaixo da ponte móvel, entraram por um portão usado por caminhões que transportam a areia trazida em chatas até ali, para ser distribuída a construtoras de Porto Alegre e região metropolitana. O carro estacionou à beira de um trapiche, próximo a um dos pilares da ponte. Não mandaram Luana descer. Começaram a conversa dentro do carro.

– O que queriam aqueles dois?

– Quem? – perguntou Luana, mais por reflexo do que na tentativa de enganá-los.

Levou uma coronhada na cabeça, com força suficiente para lhe embaralhar os olhos imediatamente.

– Não te faz de bobo, veado.

Luana gemeu, passou a mão na cabeça e viu que os cabelos já se empapavam de sangue.

– Ela é minha amiga. A gente se conhece da pista.

Outra coronhada fez Luana pender novamente a cabeça para frente. E mais sangue escorrendo.

– Desce – disse o homem.

Ela abriu a porta e saiu do carro.

O motorista desceu também. Segurava uma corda de náilon na mão. Estavam ao lado de um monte de areia, que ia até metade do pilar da ponte.

Ele mandou-a subir ali.

– Amarra as mãos – disse o outro, apontando a arma para a cabeça dela.

Luana virou-se para olhá-lo.

Ele gritou:

– De costas! Pega aquela pá ali e abre um buraco primeiro. Depois deita dentro. E reza.

– Não precisa. O que vocês querem saber? Eu conto.

– Então fala e não te faz. Já podia ter falado, tá ligado?

– Eu falo.

– O que queriam aqueles dois?

Luana tremia.

– Eles andam atrás de um cara que virou travesti. Filho de um pastor.

– O que mais?

– O pastor tem medo de que alguém descubra. E que use o filho para prejudicá-lo, já que quer ser deputado. E pagou o cara para descobrir onde está o filho.

Luana continuava em pé, mas com dificuldade para se equilibrar, com os pés enfiados no monte de areia.

Os dois se entreolharam.

– Quem é o pastor?

– Ediraltino Canassanta.

O homem pensa um pouco. Baixa a arma enquanto o outro dá um laçaço com a corda de náilon nas costas nuas dela. Dá outro laçaço. Em seguida, dois vergões crescem na sua pele, em diagonal, quase de cima a baixo.

– Interessante essa história... – disse o da arma. – Como é o nome do veado?

– Júlia Francesinha. Mudou para Juliana Júpiter.

Ele puxou Luana pelo braço. Fez ela mirar-lhe o rosto. Depois, jogou-a sobre a areia.

Os dois se entreolharam mais uma vez, agora como se um estivesse entendendo o pensamento do outro.

Um deles disse:

– É uma boa história. Vamos te dar uma chance, veado.

Apontou a arma para os pés dela e deu dois tiros, acertando o chão. O impacto das balas jogou areia sobre suas sandálias. Mas ela não se mexeu, tremia as pernas e os braços, com a cabeça entre os joelhos.

Os dois voltaram na direção do carro.

Luana se manteve quieta, a respiração quase trancada. Procurava evitar movimentos para não despertar neles algo ruim.

O da arma disse:

– Está bem. Mas se essa história não bater... Ou se for balela para esconder algum bagulho do outro lado... o Gordo não vai gostar, você sabe. Aí, nós te achamos de novo. E o tiro não vai ser no chão, tá ligado?

Luana tremia a voz, no outro lado da linha, ao relatar a história para Camilinha, que pedia calma. O pior já havia passado.

Os homens, continuou Luana, entraram no carro, que arrancou em baixa velocidade, com os faróis apagados, de volta ao asfalto.

Ela ficou um longo tempo como eles a deixaram, paralisada, sem se mexer. Esperou até o som do motor se afastar, abafado por outros barulhos da noite. Ouviu o murmurar da água nas margens do rio, o pio de alguns pássaros noturnos entre os pilares, o ronco de um avião, em baixa altitude, passando sobre a ponte, rumo à pista do aeroporto Salgado Filho, e só depois teve coragem para se mover. Mesmo assim, lentamente, como se não quisesse despertar um monstro dormindo ali ao lado.

9

Ele sorriu, irônico. Voltou a olhar para o homem da pistola. Eu não podia ver a cara dele, mas acredito que se divertiam às custas da minha desvantagem.

Depois que conversamos com Luana na esquina da São Carlos com a Câncio Gomes e antes do episódio dela embaixo da ponte móvel, Camilinha e eu nos aproximamos da entrada do El Trocadero, e o primeiro segurança que encontramos a reconheceu.

– Quanto tempo, guria! – ele disse, chegando perto dela. Olhou para mim, com jeito de velho conhecido. – Pelo visto purpurinou?

Era a segunda vez que eu ouvia aquilo, naquela noite. Camilinha me contaria depois que é quando uma garota ou uma travesti arranja namorado e larga a prostituição.

Ela o cumprimentou com beijinhos no rosto e disse:

– Não, longe disso. Estou é diversificando minhas atividades.

O segurança agora a olhava com desconfiança. Nós nos dirigíamos à porta, ele logo atrás.

– Cuidado com isso, guria – ele disse, abrindo caminho para entrarmos.

– Fica frio, Argemiro. Tudo sob controle.

– As coisas mudaram por aqui – ele ainda disse, antes de ir receber outros clientes que se aproximavam, vindos de um sentido contrário ao nosso.

Entramos e, lá dentro, o mundo era outro. O ar estava abafado, e uma pesada mistura de suor e perfume veio ao nosso encontro. Minha visão ficou embaçada por causa do gelo seco projetado na pista contra um jogo de luzes de cores berrantes. Atrás de um balcão luminoso, dois *barmen* preparavam coquetéis. Alcançavam bebidas aos garçons apressados, em meio à agitação de homens e mulheres. Um deles preparava um coquetel num copo alto e estreito. De dentro saía um vapor colorido, como se fosse um coquetel molotov pegando fogo.

Mulheres com roupas sensuais circulavam na pista, simulando um compromisso urgente. Passavam a impressão de que o motivo da pressa era cumprir alguma tarefa importante e inadiável. Mas bastava um estalo de dedos para tudo mudar. Interrompiam abruptamente o passo e paravam para conversar e beber, alegres e receptivas, como se não tivessem compromisso para o resto da vida.

No entorno das mesas, onde podiam pegar seus respectivos copos de bebidas apenas espichando o braço, alguns casais dançavam ou se beijavam. Ficavam próximos de garotas nuas sobre queijinhos redondos, agarradas a hastes de metal. Ali, elas apresentavam seu show de contorcionismo. Alguns homens paravam perto para ver melhor os detalhes. Elas subiam e escorregavam, em poses sensuais e reveladoras.

Junto ao balcão luminoso, em bancos altos, três homens conversavam e bebiam. Por causa do volume do som, às vezes tinham que aproximar a boca perto do ouvido um do outro para serem ouvidos. Um dos homens que fazia os coquetéis às vezes se aproximava e dizia algo, sorrindo. Os outros sorriam e também diziam algo de volta. Pareciam todos íntimos e partes indissolúveis do ambiente.

Tão logo entramos, um garçom veio nos receber. Também reconheceu Camilinha, mas foi mais discreto que o segurança. Indicou-nos uma mesa, para onde fomos e nos sentamos. Ele quis saber o que beberíamos. Pedi dois uísques. Ele voltou em seguida com uma garrafa lacrada, trena de medida colada na lateral, dois copos e um balde de gelo.

Enquanto o garçom ia e voltava, Camilinha me disse que um dos homens que bebiam junto ao bar era o Meuquerido, o sujeito indicado por Luana Gaúcha, que poderia nos dar informação sobre Juliana Júpiter. Era figura de confiança do Gordo Epifânio, que assassinara Galo Fino para assumir o ponto do bairro Floresta e adjacências.

Num certo momento, acho que já tínhamos bebido duas doses cada um, vi Meuquerido se levantando para atender ao telefone. Saiu pela porta de entrada. Voltou em seguida e, da porta mesmo, olhou em volta, sem se cuidar para ser discreto. Juntou-se aos outros dois, mas não se demorou a olhar em nossa direção. Secou o seu copo, pediu outra dose ao *barman* e disse alguma coisa a um dos homens. Olhou-nos de novo e não tive dúvidas. Alguém, por algum motivo, o alertara sobre a nossa presença ali. Talvez a própria Luana Gaúcha, que declaradamente não havia simpatizado comigo. Até então, ignorávamos o que acontecia com ela sob a ponte móvel.

Foi nesse momento que chegaram mais dois homens, todos do mesmo porte, e se juntaram aos três. Não se cumprimentaram. Já deviam ter se encontrado naquela noite, e dava para perceber que eram amigos.

Meuquerido era grande e forte. Rosto ossudo e bronzeado, gel nos cabelos, barba bem aparada, queixo um pouco desproporcional ao resto. Usava camiseta preta e justa, uma estampa dourada no peito, que lhe valorizava os bíceps e o peitoral, calça jeans rasgada e tênis de sola alta. Se o tirassem dali e o colocassem na capa de uma revista, dessas sobre moda e comportamento, não pareceria fora do lugar.

E não demoraria para eu ter certeza sobre esse meu nefasto pressentimento. Era para nós que Meuquerido olhava. Até parecia fazer questão de que o víssemos. Ele disse alguma coisa aos homens, largou o copo no balcão e caminhou na nossa direção. Vinha sorridente, mas esse tipo de artimanha não me engana. O espírito dele, por trás do falso sorriso, não era de padre que recebe fiéis na paróquia para os batizados de domingo.

Primeiro, cumprimentou Camilinha. Debruçou-se sobre a mesa para lhe beijar o rosto.

– Eu gostava mais quando você estava por aqui – ele disse.

Sentou-se sem pedir licença.

Camilinha disse que tinha resolvido mudar de ares. Ele simulava interesse no que ela dizia. Mas olhava de canto para mim.

– Minha cara já estava muito manjada – ela disse, pegando o copo. – E lá na ponta da Duque fica mais perto da minha casa. Posso ir e voltar caminhando. Só por isso.

Meuquerido pegou o copo da mão dela, despejou uísque no gelo e tomou um gole. Me chamou a atenção a cara de pau. Sem ainda me cumprimentar, serviu-se como quis e bebeu como se estivesse ele próprio pagando a conta.

– Não se preocupe – ele se esforçava para ser irônico. – Logo, logo a ponta da Duque será área nossa também.

Dizendo isso, tomou outro gole e devolveu o copo à mão de Camilinha.

Olhou para mim.

– O Gordo não está para brincadeira. E quem tem juízo abre o olho – disse.

Só nesse momento ele estendeu a mão para me cumprimentar. Quis dar a entender que ainda não tinha me visto. Mas sabia que estava forçando a barra descaradamente. Já era uma forma de intimidação.

– Muito prazer – ele disse. – Aqui todos me conhecem por Meuquerido. Ou Queridão.

Apertei-lhe a mão com a mesma força que ele fazia para apertar a minha.

– O prazer é meu. Boccanera.

Então ele disse, sem espichar a conversa:

– Muito bem, Boccanera. Acho que temos um assunto para tratar.

Esfregou as mãos espalmadas nas coxas e se ergueu. Camilinha me olhou. Vi que estava apreensiva. Não conseguia disfarçar a surpresa e a preocupação.

Meuquerido nos convidou para segui-lo. Ali o som estava alto demais. Precisávamos de um lugar silencioso. Olhei para Camilinha e ela já se levantava. Levantei-me também.

– Me sigam, por favor – ele disse, tomando a frente.

Caminhamos entre mulheres e casais se divertindo ao lado da pista. Fiquei com inveja. E, por todos os motivos compreensíveis, queria estar no lugar de um deles naquele momento. Algo me dizia que a nossa conversa com Meuquerido não seria um encontro entre comadres, no entorno de uma mesa de chá com amanteigados sabor morango.

Meuquerido passou ao lado do balcão luminoso, onde bebiam seus outros amigos, e fomos atrás. Um deles, também conhecido de Camilinha, a cumprimentou. E nos acompanharam com os olhos, o sadismo lhes escorrendo face abaixo, até desaparecermos atrás da porta.

Entramos numa sala grande, com pôsteres reproduzindo cartazes de filmes nas paredes, um grande tapete estilo persa ao centro com uma mesa ovalada em cima. Ao fundo, um pequeno bar, geladeira e um armário com copos e taças. Do teto, sobre a mesa, descia uma lâmpada para iluminação direta. Devia ser um lugar de reuniões, que também servia para o carteado. Numa ponta estava um pano de flanela verde dobrado e vários tipos de fichas empilhadas em cima.

Camilinha seguia ao meu lado, como se deslizasse no chão, sem fazer barulho. Mas eu percebia sua tensão. De repente, Meuquerido parou de caminhar e se virou. Tão logo se virou, desferiu um soco direto na altura do meu rim esquerdo. Não tive dúvidas de que para isso empregara toda a sua força bruta. E civilizada também. Arqueei de dor. Foi um belo golpe, eu tinha que admitir. Meuquerido, ou Queridão, era no mínimo um iniciado em boxe, não tive dúvidas. Batia com força e técnica. Antes mesmo de eu tentar uma reação, ele veio com um direto de esquerda e me acertou o rosto. Tentei me equilibrar, com um pé atrás. Consegui não cair, mas, na sequência, ele me acertou de novo, agora um cruzado na altura do supercílio, que me levou direto ao chão.

Foram três golpes fortes, em sequência e de braços trocados. Meuquerido não parecia ser um amador. Beijei o tapete persa e posso garantir: não tive nenhum prazer nisso. Acho que perdi os sentidos por alguns segundos. Mas fiquei dentro da contagem, se estivéssemos num ringue. Acordei com um zunido na cabeça, uma espécie de CTG onde todos sapateavam ao mesmo tempo na dança da chula, que demorou a passar, mas que não me impediu de me erguer. Só aí vi que havia outro homem na sala, um daqueles do balcão. Bem visível, portava uma pistola de asas negras atravessada na cintura.

Camilinha se mantinha quieta, e eu nem esperava outra coisa dela. Se não a conhecesse, diria que era cúmplice de Meuquerido, ou Queridão. Na verdade, ela conhecia a aldeia e tudo o que devia fazer naquelas circunstâncias. Se quisesse abreviar meu sofrimento, devia se manter em silêncio.

Depois do terceiro golpe, que me desmontou de dor, Meuquerido puxou três cadeiras e nos convidou para sentar. Pacientemente, esperou eu me erguer. Tranquilo e natural, como se tivesse acabado de bater as próprias calças para tirar a poeira da estrada.

Ele me olhou e disse:

– As coisas mudaram um pouco por aqui... – fez uma pausa. – Agora, com o Gordo Epifânio, a ordem é bater primeiro e depois perguntar o que o sujeito quer.

Tentei ser irônico, mas ele, na verdade, estava cagando para a minha ironia.

– É, faz sentido... – eu disse, e consegui me sentar, me contorcendo de dor.

– O que vocês querem com a Juliana Júpiter?

Meuquerido era um homem objetivo. E deu para ver que os assuntos corriam rápido naquela área, entre uma esquina e outra. Eu diria que corriam como um rastilho de pólvora. Meu rim esquerdo, o que mais me doía naquela hora, era a principal testemunha.

Embora tenha prometido sigilo absoluto a Ediraltino Canassanta, ali, diante do braço pesado de Meuquerido, não tinha como regatear. Pensei em não dar nome aos bois. Mas logo me lembrei do telefonema recebido por ele havia pouco e dos dois homens que se juntaram ao balcão. Deduzi: tinham dado um pau na Luana Gaúcha, se é que não a haviam apagado depois, para ela abrir a boca. Sobre os métodos do Gordo Epifânio, ninguém mais precisava me alertar. Minha cara inchada e meu supercílio sangrando eram testemunhas oculares da história.

– Andamos à procura de uma pessoa – eu disse.

Ele falou em cima.

– Sim, de Juliana Júpiter. A questão é saber o que você quer com ela.

Minha cabeça trepidava. A comunidade da chula no CTG seguia sapateando e se divertindo lá dentro.

– Sim, o pai a procura. Quer vê-la. Saiu de casa há dez anos. Ele precisa reencontrá-la.

– Por quê?

Eu procurava não vacilar antes de responder.

– Não disse. Apenas me contratou para que eu a localizasse. Mas eu soube depois, por outra fonte, que um pastor concorrente está chantageando ele. Quer que ele desista de concorrer a deputado.

Meuquerido espichou o braço e pegou uma ficha vermelha de cima da flanela verde. E começou a brincar com ela, batendo no carvalho da mesa. Era um barulho irritante para o meu cérebro ferido.

Depois disse:

– Você tem cara de cafetão.

E brincou de novo com a ficha. Parecia saber que aquele som agudo me atormentava. Não bastasse, pegou outra ficha e continuou com a tortura, agora multiplicada por dois.

– Algo me diz que você está tentando tirar garotas da área.

– Em hipótese alguma – eu disse. – Não faria isso de forma tão aberta.

Ele riu e soltou as fichas sobre o tampo da mesa. Foi um alívio, mais do que se ele acreditasse de imediato na minha palavra.

Meuquerido olhou para o homem com a pistola, na altura do meu ombro.

– A gente nunca sabe até onde vai a estupidez das pessoas.

– Mas pode ter certeza. Meu interesse é apenas localizar Juliana e apresentá-la ao pai.

– Quem é o pai? – perguntou, certamente por formalidade. Ou para me testar.

– O pastor Ediraltino Canassanta.

Ele sorriu, irônico. Voltou a olhar para o homem da pistola. Eu não podia ver a cara dele, mas acredito que se divertiam às custas da minha desvantagem.

– Sei... tem uma igreja lá na Mauá. Mas quem diria que é o pai da Juliana. Acho que o Gordo vai se divertir muito com isso.

E voltou a brincar com as fichas, o cretino.

– Não vou tomar decisão alguma agora, embora esteja com vontade de fazer um estrago nessa tua cara de veado – disse. – Vou falar com o Gordo primeiro. Ele anda precisando saber mais sobre esse pastor. Andou querendo proibir as garotas de circularem perto da igreja. De repente, você pode nos ser útil mais adiante.

Não gostei daquela possibilidade. Mas, se para sair do El Trocadero com vida era preciso contrair uma dívida, não contestei. Fiquei na minha. Não disse nem sim nem não.

Meuquerido se levantou e fez sinal de positivo para o homem da pistola, que se virou para sair da sala.

Depois disse, indicando a porta com o longo queixo, que parecia o carregador de uma retroescavadeira se levantando:

– Agora podem ir. Se quiserem continuar se divertindo, é por conta da casa. São meus convidados.

Estendeu-me o braço, o mesmo que tinha me arrebentado a cara e um rim minutos antes, e me apertou a mão, com certa reverência, o bandido.

– Vai com Deus, meu querido.

"Meu querido, o caralho!", pensei.

Para não darmos chance ao azar, Camilinha e eu preferimos declinar do convite. Dormimos num hotel na Rua Demétrio Ribeiro, no Centro Histórico. Ela estava ansiosa para me mostrar as mudanças no apartamento, mas concordou comigo. A turma do Gordo Epifânio não nos daria moleza. De dia seria mais fácil verificar se estávamos sendo seguidos. A prioridade para mim era não saberem onde Camilinha morava.

Passamos numa farmácia e comprei material para um curativo. Aproveitei para ver se alguém nos seguia. Em princípio, não. Mas, como disse o próprio Meuquerido, a gente nunca sabe até onde vai a estupidez humana.

Deixamos o carro num estacionamento 24 horas na Fernando Machado e fomos ao hotel caminhando, pela Borges de Medeiros. Pedimos uma bolsa de gelo na portaria e Camilinha aplicou o gelo no meu rosto e no supercílio. Mas meus cuidados eram com o rim. Recebera um belo golpe. Podia provocar um sangramento interno. Àquela altura, já doía pouco, e isso me acalmava.

Vimos que na frente do hotel havia uma pizzaria. Pedimos uma portuguesa e cerveja. Quando começamos a comer, tocou o telefone da Camilinha. Foi aí que ficamos conhecendo o resto da história daquela noite. Era Luana Gaúcha para contar das ameaças e da surra que levara dos homens de Gordo Epifânio, embaixo da ponte móvel do Guaíba. Pedia que não a procurássemos mais. Estava com medo e não queria complicações com o pessoal do Gordo.

Dormimos agarrados um no outro, mas nada de sexo. Camilinha tomou banho e veio se deitar. Nua, como sempre fazia na hora de dormir. Deitou-se de lado, de costas para mim, e se curvou para se aconchegar. Recuei os quadris. Não queria tocá-la com a minha ereção. Depois o tempo foi passando. Na pizzaria da frente, um sujeito tocava violão e cantava uma música antiga. Acho que do Antônio Carlos e Jocafi. Há momentos em que eu paro e acho graça. E procuro, mas não acho, a solução.

Quando começou a me doer muito o rim machucado, me virei para o outro lado. E Camilinha se virou também, me abraçando por trás. Ficava melhor assim. Senti seu calor passando para o meu corpo, como num conta-gotas. E fui amolecendo, a dor passando. Pela primeira vez na vida comemorei o fim de uma boa ereção. Em certas ocasiões, a amizade é muito mais preciosa do que o sexo.

10

Araceli ficou ainda mais agitada. Ediraltino certamente perderia a cabeça. E as consequências seriam nefastas.

Voltando ao início da conversa, aos ares pacíficos do meu modesto JK, terminei de contar a história do Meuquerido a Araceli. Ela estava nua diante da janela, de frente para o horizonte alaranjado. Suas nádegas me ensanduichavam o sexo, eu quase afrouxando as pernas de prazer. Na televisão, prosseguia o culto de livramento, para remover os emissários de Satanás dos caminhos do presidente. O bispo Waldério Miracalva gritava: "Vai arrebentar!". E eu não tinha dúvidas de que sim, de que ia mesmo arrebentar. Ediraltino cerrava os olhos e erguia os braços: "Ó Eterno Glorioso!". Araceli separou os pés, afastou os joelhos e apoiou os cotovelos no parapeito. No outro lado, na orla, a malucada se descabelava com a visão suprema do sol se pondo. Foi quando pensei numa frase de efeito. Enquanto o sol se põe, a vida pulsa do lado de cá. Filosofia direto na jugular. Camilinha ia adorar quando eu contasse isso a ela. Ato contínuo, segurei as nádegas da bispa e a abri até seu sexo virar uma rosa vermelha desabrochada. Minha libido também tem a ver com o visual, diga-se de passagem. E agi com firmeza, a ponta do taco na cara da bola, e azar do goleiro, do bispo, do pastor, do presidente desbeiçado, do Gordo Epifânio e da malucada toda. Fiz com a mesma força empregada pelo corno do Meuquerido para me arrebentar o rim na noite anterior. Araceli soltou um grito. E pediu para eu não parar. Como, de resto, não parei. Pelo contrário. Me joguei em cima como um cachorro louco, a língua de fora e babando nos cantos da boca. Araceli não fazia por menos. Me acolhia como se ensaiasse um hard remix de boquinha da garrafa no *Topa Tudo por Dinheiro* do Silvio Santos. E guinchava para a distância infinita, parecendo uma javali atropelada na BR-290, rumo ao Alegrete. Quem visse de fora, pela lente de um drone sobrevoando o espaço sideral, diria se tratar de um quadro absurdo, pintado pela mão torta do capeta. Na televisão, Waldério Miracalva e Ediraltino Canassanta seguiam aos berros para expulsar Satanás do caminho do presidente e seus ministros. Na orla, a malucada tendo orgasmos por causa do pôr do sol. E sob as minhas estocadas macabras, de boxeador vingador, a mulher do pastor berrava para o infinito do além-janela, pedindo mais e mais e repetindo, entre prolongados gemidos de prazer:

– Ai, meu Deus do céu! Que loucura! Tá-que-tá-danado! Isso aqui é bom demais!

– Você é mesmo um grande filho da puta, Boccanera! – diz Camilinha, que se retorce no sofá de tanto rir.

Depois que Araceli foi embora, chamei-a para alinhavarmos nossos próximos passos no caso Juliana Júpiter. Queria também entregar a ela metade dos dólares deixados pela bispa no envelope pardo sobre a minha mesa.

Na orla, ainda tem barulho de música e gritaria. A noite é agradável, mas me sinto um pouco cansado. As estripulias sexuais com a mulher do pastor me sugaram as energias. Me senti atacado pelo chupacabras. Mas acontece, essa é a verdade. É preciso admitir a real situação da vida: já não sou mais jovem para enfrentar sem sequelas as extravagâncias do amor compartilhado com selvageria.

Camilinha vai à geladeira e pega uma cerveja. Eu continuo no uísque.

– Você é muito mais canalha do que eu imaginava, Boccanera – ela diz, apertando a barriga, quase exausta. – Enquanto o sol se põe, a vida pulsa do lado de cá... Se me contassem, eu não acreditava. Juro.

Ela quer saber todos os detalhes. Até acho que se excita com minha narrativa sobre a trepada com a bispa, que é como ela chama Araceli.

Quando ela finalmente gozou, fiquei preocupado com os vizinhos. Mas logo me dei conta. Sábado, àquela hora, o prédio ficava vazio. Todo mundo descia para caminhar ou tomar chimarrão na orla.

Araceli se virou para mim e me lembrei de um samba antigo, do Lupicínio Rodrigues: "Toda vez que ela fala, ilumina mais a sala do que a luz do refletor".

Então, ela disse:

– Eu nunca tinha feito isso.

Diante do meu olhar de espanto, antes que eu pudesse pensar algo diferente do que queria realmente dizer, acrescentou:

– De gritar desse jeito, feito uma possuída pelo capeta... – ela avançou e lambeu a minha boca. – É que o Edi não gosta que eu faça barulho. Tira a concentração dele. E eu tenho que me segurar. Caso contrário, ele não goza. E quando não goza, fica agressivo.

Eu me fiz de desentendido.

– Então o pastor goza, é?

Ela respondeu que sim, e entendeu minha ironia.

– Mas com um salvo conduto do Glorioso... – eu disse.

Ela sorriu, mas não falou. Me abraçou e aconchegou a cabeça no meu peito. Lá no fundo, na dúvida, não quis arriscar brincadeiras explícitas com o Glorioso.

Disse apenas:

– Agora me serve uma dose de uísque, que preciso relaxar.

Na televisão, o bispo Waldério Miracalva encerrava o culto de livramento do presidente, ao lado de Ediraltino Canassanta.

– Neste momento, irmãos, uso de toda a autoridade que me foi concedida por Deus, e em Seu nome eu ordeno, eu ordenooo: não se aproxime desse corpo, Satanás das trevas! Não se aproximeeee. Em Seu nome, Eterno Glorioso, ordeno que este homem seja abençoado e que tenha sabedoria e força para construir um novo Brasil. Eu ordenoooo! Fora, Satanás! Fora, comunistas!

Levantei-me para pegar a garrafa.

– Agora, desliga essa porra de televisão, por favor – disse Araceli, às minhas costas.

Ela me serviu de mais uísque também. Fiz um brinde e fui preparar uns picados para a gente comer. Ela bebeu e veio atrás. Transitava nua pelo apartamento com naturalidade. Algo só visto até então no corpo da Camilinha. Mas a Camilinha é de casa, de longa data. E, por assim ser, pode se permitir tirar a roupa e andar pelada de um lado a outro, sem cerimônia. Araceli era uma recém-chegada. E nisso também residia o motivo do meu estranhamento misturado com satisfação e um certo orgulho de mim mesmo. A bem da verdade, nesse momento me dei conta de que também estava sem roupa.

Aquela constatação me bastou para uma nova e violenta ereção. Puxei Araceli, e ela veio. Nos abraçamos, empurrei-a para cima da mesa e, de comum acordo, providenciamos ali mesmo a segundona da noite, com a qualidade e o entusiasmo de uma qualificada Série A. Dessa vez, sem o pôr do sol, que esse já ia longe do rincão, embora a malucada continuasse a fazer barulho no outro lado da avenida.

Depois que os ponteiros da libido baixaram a um nível civilizado de tolerância, bebemos mais uísque e comemos os petiscos que eu tinha na geladeira. Ela quis saber como iam as investigações sobre Júlio César. Fiz um relato, mas omitindo as partes mais delicadas. Não falei do Gordo Epifânio, por exemplo, nem que revelara aos meus agressores a identidade de Ediraltino.

Foi aí que perguntei a ela quem era o outro pastor, o que estava chantageando Ediraltino. Era um sujeito também conhecido na área evangélica. Menos popular, com menos fiéis, mas perigoso e arrivista. Outrora foram amigos, ele e Ediraltino. Fundaram a mesma igreja. Mas, por briga de poder e de vaidade, acabaram se separando, e Feliciano Macedo, assim se chamava ele, fundou outra igreja. Até então, a briga fora pela conquista de fiéis. Mas agora, com a ascensão dos evangélicos ao poder, e com as possibilidades que se abriam com isso, passaram a disputar o mesmo espaço político. Ediraltino com uma leve vantagem por conta de sua amizade antiga com o bispo Waldério Miracalva, conselheiro do presidente e da primeira-dama.

Perguntei a ela o que Ediraltino pensava em fazer, se Júlio César fosse localizado. Araceli, então, me fez um *briefing* sobre o perfil do marido. Ele se sentia um nomeado de Deus na terra, com poderes diversos, entre eles o de curar o filho homossexual. Até mais do que isso. Achava que Deus lhe era devedor. Por Ele, já havia feito o suficiente para ter crédito e poder exigir algo concreto em troca. Ou seja, sendo Deus seu devedor, não se furtaria a ajudá-lo em causa tão vital para a continuidade de sua missão na terra. Não dizia isso para conquistar fiéis ou por vaidade. Ele acreditava mesmo nesse poder e na sua intimidade com o Glorioso. Estava ciente de que, nessa relação de dar e receber, a balança pesava para o seu lado. Estava credor. E esse era o perigo, repetiu Araceli. Temia pelo que Ediraltino pudesse fazer em caso de fracasso. Estava obstinado e cego pelo poder. E pelo fato de que Deus agora estava em desvantagem. Ele, Deus, devia obrigações a ele, Ediraltino Canassanta. E ele acreditava piamente nisso. Esse caráter havia se acentuado com sua amizade e seu recente acesso ao presidente e ao seu núcleo de poder. E, ainda por cima, a primeira-dama lhe dava corda e o chamava para pedir conselhos. Lá dentro dele, se sentia imbatível e superior.

Por isso ela reiterava a importância de eu avisá-la primeiro, caso encontrasse Júlio César. Aí lembrei a ela das informações passadas por Luana Gaúcha e das deduções feitas a partir disso. Agora como Juliana Júpiter, Júlio César andava pela Itália, com namorado novo, e era possível até que já tivesse feito uma cirurgia de mudança de sexo. Araceli ficou ainda mais agitada. Ediraltino certamente perderia a cabeça. E as consequências seriam nefastas.

– Eu conheço o Edi melhor do que a palma da minha mão – ela disse, o olhar trespassando o líquido ambarino do copo que segurava na mão, contra a luz externa da janela.

Ficamos calados por um tempo. Seus seios lisos e sem marcas de sol tinham a mesma tonalidade do resto do corpo. Eram dois olhos a me fitar de frente, como se quisessem interceptar as ondas moduladas dos meus pensamentos mais podres. Toquei-os com a ponta dos dedos e ela reagiu com um rápido tremor, como quem se arrepia com a surpresa de uma repentina lufada de ar gelado nas costas ou com a água fria do chuveiro.

– Ele não pensa em tomar alguma providência relativa a Feliciano Macedo? – eu perguntei.

– Sim. Não descarta essa possibilidade, em último caso. Anda tão obcecado a ponto de achar que pode cometer o crime perfeito. Deus vai entender e não o deixará na mão.

– Comentou isso com você?

– Não. Mas eu conheço a peça. Vou tirando minhas conclusões a partir dos movimentos dele. Uma frase daqui, outra dali. Sei bem como ele raciocina e do que é capaz.

Dizendo isso, ela se levantou e caminhou até a janela. Fiquei parado, admirando-a por trás. Sou um privilegiado, tive tempo de pensar antes de ela se virar abruptamente. Olhou em volta à procura da roupa, que havia esparramado pelo chão tão logo chegara. A calcinha estava mais longe, perto do biombo, próximo à entrada. Ela foi até lá e se agachou para pegá-la. Vi-a por trás, o seu sexo comprimido entre as duas coxas. E, mesmo com aquele papo sinistro sobre o pastor Ediraltino, não segurei outra ereção. Foi o que ela primeiro viu, ao se virar, quando erguia um pé para enfiar na calcinha. E veio para o meu lado, com a calcinha enroscada no tornozelo. Ajoelhou-se na minha frente e ergueu o rosto. Fez isso lambendo os lábios. Era um gesto para me provocar e ao mesmo tempo ver a minha reação.

– E fez um boquete, a querida!? – diz Camilinha, que não segura a língua e a curiosidade.

Eu respondo afirmativamente com a cabeça, enquanto, em silêncio, tento reconstituir a beleza da cena.

Camilinha não espera eu retomar a narrativa. Nem se sensibiliza com meu jeito de desamparo. E me corta a palavra.

– Essa bispa aí não tem nada de santa, bonitão. Vai por mim.

Eu tive que rir com gosto. Camilinha, que também não era santa, podia estar totalmente com a razão.

11

Três pessoas estão caídas junto a poças de sangue. Daqui, até dá para ver o reflexo da luz de um poste na superfície de uma delas. É uma imagem estranha, a luz da lâmpada refletindo no sangue.

Sentamos no sofá, lado a lado, a Camilinha com a cabeça no meu ombro. Pedimos uma pizza por telefone, que ainda vai demorar a vir. Ela está ansiosa para me mostrar as fotos. Quer minha opinião sobre detalhes do anúncio dela no site Sexy Prenda Minha VIP. A dúvida começa pela identificação. Como se trata de um site de fotos, aberto a quem quiser visitá-lo, pretende usar um pseudônimo, embora seu rosto vá ficar desfocado. Acho prudente. Ela cita várias combinações com nomes de atrizes famosas. É uma prática comum entre garotas de programa, mas a coisa não se encaixa. Vou achando todos muito óbvios e sem graça. Aí me lembro de uma modelo antiga, por quem puxei um trem na minha juventude. Tinha uma pinta no rosto. Camilinha até se parece com ela. Uma pinta acima do lábio superior, igual à da Camilinha e da Camila original.

– Cindy Crawford! – eu digo.

Camilinha pula de alegria. Acha o máximo. Vibra com os punhos fechados e pequenos socos no ar. Corre e se abraça ao meu pescoço e me dá vários beijos no rosto.

– Sidy Crawford! Amei, Boquinha.

O primeiro problema está resolvido: Sidy Crawford.

Ela me mostra as fotos.

Vou olhando-as, uma a uma. Ela me olha com expectativa, à espera da minha opinião.

Termino de ver.

– Ousadas, hein!? – eu digo. – Nem o teu gineco deve ter te visto desse jeito.

Ela pega o telefone de volta.

– O administrador do Sexy Prenda me disse que tem duas alternativas. Fazer fotos com roupa, calça jeans ou vestido, cara de comportada, vida normal, sem mostrar nada. Para despertar a fantasia do cliente. Daí eles querem ver o que está por baixo e chamam.

– Entendi.

– Ou escancarar e mostrar tudo.

– E você optou por escancarar...

Camilinha faz um muxoxo.

– Não ia ser falsa e fugir do meu próprio perfil, né, Boccanera?

Eu só tenho que concordar. Devolvo o telefone a ela.

– Mas acho que você precisa de alguns cuidados. Não disponibiliza teu telefone verdadeiro.

Ela vai concordando.

– Eu já tinha pensado nisso.

– Amanhã, a gente vai ao shopping comprar outro chip. Não se esqueça de ontem à noite. Por algum motivo, de repente, o pessoal do Gordo Epifânio pode querer te localizar. O Meuquerido te conhece, todo mundo lembra de ti. Nossa questão lá, ontem, não ficou resolvida. E isso está me tirando o sono.

– Bem pensado.

– E não volta mais para a pista.

– Nem pensar. Pista, nunca mais.

– Ótimo.

Ela arruma os cabelos atrás das orelhas. Olha o celular e digita alguma coisa.

– Agora preciso criar um Insta e uma página no Face pra Sidy Crawford. Amei esse nome, Boquinha!

Pego o envelope deixado na minha mesa por Araceli e conto os dólares. E entrego a metade a ela.

Camilinha fica surpresa com o valor.

– Esses bispos nadam em dinheiro, Boquinha! Se me contassem, eu não acreditava.

– Dinheiro líquido, Camilinha. Não precisam declarar, não pagam impostos, as igrejas não pagam IPTU, sonegam INSS dos empregados, FGTS, o governo não cobra, depois anistia. Moleza pura. Assim até eu fico rico e poderoso.

– Então, se tirarmos um pouquinho para nós, o Glorioso nem vai perceber.

– Se o Glorioso for justo, acho que não. Mas, se perceber e nos mandar para o inferno, é porque é da pandilha deles.

Toca o interfone e desço ao térreo para pegar a pizza. Antes, olho pela janela, para ver o movimento. Em princípio, está limpo. Mas não dá para confiar. Na praça em frente, há o mesmo movimento de sempre a esta hora. Ali, entre a malucada que bebe e canta, pode ter alguém, do Gordo Epifânio ou do próprio Ediraltino, a nos espreitar.

Quando volto, Camilinha está com a mesa arrumada. Conto a ela que fiz um relatório a Ediraltino sobre os avanços das nossas investigações. Revelei que tinha algumas pistas.

Fui chegando devagar. Para não aterrorizar o homem logo de cara e a gente ir ganhando tempo. O negócio agora é espichar o desfecho, garantir mais umas transferências de dólares para o nosso bolso.

Contei ao pastor que Júlio César podia estar vivendo com identidade falsa fora do Brasil, talvez fazendo parte de um bando de traficantes que opera na periferia de Porto Alegre. Pelo pouco que conheço do Ediraltino e da pregação evangélica, ele prefere um filho envolvido com o tráfico de drogas do que ter uma travesti na família. Expliquei que estava abrindo algumas pistas importantes. Em breve, poderia lhe passar algo mais concreto sobre o paradeiro de Júlio César.

– Olha só o que ele respondeu – eu disse, e mostrei o telefone: "Manda fogo, irmão!".

E só.

Comemos pizza, minha cabeça pesava. Havia parado com o uísque e passado para a cerveja. As últimas 24 horas tinham sido pesadas. Desde nossa chegada à São Carlos até meu confronto com o Meuquerido, no El Trocadero Club, se é que dá para dizer que aquilo foi um confronto, e a recente maratona sexual com Araceli, eu não tinha conseguido respirar com calma.

Já não sou mais jovem, essa é a grande verdade.

Nesse momento, chega o WhatsApp de uma ex-colega de faculdade, Simone Guerino, com quem eu tentara um contato horas antes. Ela é repórter do Departamento de Jornalismo Investigativo do jornal *Primeira Hora*. Preciso conhecer os detalhes da briga por domínio de território nas áreas da Floresta, Farrapos, São Geraldo e Centro Histórico, e principalmente sobre o Gordo Epifânio, e detalhes de sua briga com Galo Fino. Há cerca de um mês, Simone fez uma grande reportagem sobre o assunto. E pode nos ajudar. Ela marca um café para o dia seguinte, num shopping da cidade. Além de ex-colega, ela me deve favores. Em outras ocasiões, abri alguns caminhos para ela. Uns casos cabeludos, que renderam boas matérias para o jornal. Sempre foi muito grata por isso.

Enquanto falo com Simone, Camilinha corta mais pizza. Seu telefone também dá um sinal de WhatsApp. Ela confere a mensagem e solta um grito.

– Não acreditooooo! – ela diz, o rosto perplexo.

Fico assustado. Ela movimenta a cabeça, em desacordo.

– O que houve? – quero saber.

– Meu irmão.

Vou pensando logo no pior.

– O José Carlos... está vindo para um rodeio. E vai ficar uns dias lá em casa.

Eu solto o ar dos pulmões, aliviado. Pela cara da Camilinha, parecia coisa pior.

– Rodeio?

– O problema... – ela diz, desolada – é que esse pessoal do interior não pergunta antes. Quando fazem contato, é para dizer que já estão na porta.

O irmão da Camilinha, que mora em Uruguaiana, avisa que chegará segunda-feira. Vai participar de um rodeio crioulo em Alvorada, um dos mais conceituados no Rio Grande do Sul. Começa na quinta, mas ele precisa resolver problemas em Porto Alegre e quer aproveitar a viagem.

– Logo agora, Boccanera!

– Não tem como despistar?

– Só se eu mandar ele aqui pra você.

É engraçado o jeito de ela se referir ao irmão. Recuso a oferta e agradeço. Ela fica pensativa. Toma meio copo de cerveja.

– Aliás – eu digo –, como você resolve essa questão com tua família, a mãe e o irmão?

Começa uma gritaria no canteiro da avenida, mas não damos importância. Até estava demorando. Aquilo é normal depois de uma determinada hora. Para fazer barulho e algazarra eles não pagam imposto. Dá vontade de pegar uma arma de pressão e ficar brincando de tiro ao alvo. Olho por olho, dente por dente. Barulho de lá pra cá, chumbo quente daqui pra lá.

Camilinha diz:

– O José Carlos só pensa em rodeio, cavalo, touro chucro, churrasco e arroz de carreteiro. Tudo o que estiver fora desse mundo não lhe diz respeito.

A gritaria aumenta do lado de fora.

– E a minha mãe também – continua Camilinha, voltando-se para a janela. – Meio que me deserdou quando eu me recusei a botar vestido de prenda. O mundo dela caiu. Seu sonho era que eu fizesse parte do piquete em homenagem a Anita Garibaldi e me vestisse igual a Anita Garibaldi. E me ver declamar poesia do Tio Nico na Semana Farroupilha. E voando as tranças num vanerão do Baitaca.

– Você ia ficar muito bem de prenda – eu brinco.

Ela me mostra a língua. E continua:

– Quando eu vim embora, acho até que ela ficou meio aliviada. Um tempo antes, me flagrou beijando uma colega na boca... morria de medo de que eu fosse sapata. A nossa relação é amistosa, faz tempo que não vou lá. Mas ela nunca veio. Meu irmão só aparece quando precisa economizar em hotel.

– E sobre a tua atividade?

– O que eu disser que faço aqui eles engolem. Desde que não seja algo que cause problemas lá. O mundo deles é o CTG e nada mais. Qualquer coisa fora desse mundo passa batido.

A gritaria no canteiro passa do normal.

Camilinha se levanta para ver. Fala enquanto caminha.

– Agora mesmo eu consegui um emprego novo. Cuidadora de velhinhos numa clínica geriátrica da Vila Nova. Para eles, está ótimo. Não querem saber de mais nada. E nada perguntam além disso.

É quando ouvimos os tiros. Uma saraivada, depois outra. Só tenho tempo de puxar Camilinha pelo braço e impedi-la de chegar à janela. São vários. E gritaria e som de pneus de carros arrancando. Empurro Camilinha de volta ao sofá. E o tiroteio comendo solto. Gente gritando, carros acelerando na direção da Zona Sul. Não tenho ideia de quantos tiros e quanto tempo se passou a partir do primeiro estampido. Em seguida, ouvimos um som de sirene se aproximando, vindo do Centro. E mais cantadas de pneus e gritos. Chega um carro da polícia. Não demora, chegam mais dois. Os tiros já haviam parado. Aí, sim, saímos à janela. Já tem pouca gente lá embaixo. Uns correm na direção do Parque Harmonia. Vendedores ambulantes juntam equipamentos, um grupo se apressa na direção do Gasômetro. Um andino com um bombo legüero nas costas dispara em direção à Duque. E o cheiro de pólvora queimada logo infesta o ar. Para falar a verdade, não é algo que me desagrada. Ainda mais à distância e fora da linha de tiro, como agora.

A polícia chega e vai logo mandando todo mundo para o chão. Três pessoas estão caídas junto a poças de sangue. Daqui, até dá para ver o reflexo da luz de um poste na superfície de uma delas. É uma imagem estranha, a luz da lâmpada refletindo no sangue.

Logo chegam duas ambulâncias e socorrem os feridos. Camilinha e eu ficamos na janela. Ela quer descer, mas não deixo.

– Nem pensar! Quer atravessar a rua pra escorregar numa casca de banana, é?

Ela concorda. Abrimos mais duas cervejas e comemos o resto da pizza. Acompanhamos o trabalho da polícia e dos paramédicos. Por último, vem o rabecão recolher os corpos. Poucas pessoas circulam ali. Apenas o pessoal da polícia e das ambulâncias. Uma hora depois da retirada dos corpos, tudo fica deserto. Mas volta e meia um carro da polícia passa em velocidade baixa, fazendo a ronda.

Por garantia, Camilinha dorme comigo. Deitamos, mas não consigo encontrar o sono. Invejo a Camilinha, que se deita e apaga meio minuto depois. Olho-a de perfil, e seu ressonar me acalma. Pelo menos até o amanhecer. Enquanto estivermos aqui, não corremos grande perigo.

Fico repassando na cabeça os últimos acontecimentos. Falta de dinheiro no bolso não está sendo a causa da minha insônia. Situação bizarra, por sinal. No Brasil, quando alguém está sem sono, preocupado com o dia seguinte e diz que dinheiro não é o problema, é porque, em algum ponto obscuro do universo, algum parafuso solto tirou o mundo dos eixos.

Afino os ouvidos para ouvir a cidade lá fora. É madrugada, e o som é apenas de algum carro passando na volta do Gasômetro. Depois que passou a confusão, tudo se aquietou além do normal. É um silêncio absurdo para um sábado aqui nesta área, a essa hora da noite.

12

As aparências, principalmente as de tranquilidade, podem esconder o pior. Ainda mais quando um tornado está se formando nas proximidades e não se sabe o rumo a ser tomado por ele logo a seguir.

Simone Guerino me avisa que vai se atrasar quinze minutos. Antes de chegar ao café, compramos um chip novo para o telefone da Camilinha. Ela também comprou roupas e lençóis. E foi para casa. Ia aproveitar o tempo para criar as contas do Instagram e Facebook para a Sidy Crawford. O anúncio dela vai entrar no ar hoje mesmo.

Camilinha está animada, embora irritada com a visita do irmão. Por causa dele, fez uma pequena alteração no anúncio do Sexy Prenda Minha VIP. Na seção "Onde?", respondeu: hotéis e motéis. O local próprio vai ficar para quando o irmão voltar a Uruguaiana. E, enquanto estiver na presença dele, manterá o telefone do anúncio desligado. Talvez perca clientes e tenha um pequeno prejuízo. Mas é da vida, ela me diz.

Olho o relógio. Ainda faltam dez minutos para Simone Guerino chegar. Aproveito para ir repassando os fatos da noite. Preciso me situar em relação ao olho do furacão, que parece ganhar força de uma hora para outra.

Com a tensão por causa do tiroteio, demorei a pegar no sono. Mas, depois que apaguei, dormi como uma pedra na sarjeta. Foi uma daquelas noites em que tudo se apaga, como deve ser depois da morte. Só vazio e tempo perdido. Ou como numa anestesia geral. Fiz uma colonoscopia uma vez e sei o que é isso. A gente começa a tontear com três pessoas do lado e desperta sozinho e desamparado, noutra sala, sem saber ou lembrar o que aconteceu nos interiores do seu cadáver e quanto tempo se passou.

Acordei de manhã, com o sol alto e o barulho costumeiro da orla. Em princípio, não me lembrava de nada. Camilinha me puxava as cobertas e falava próximo do meu ouvido. Vinha de banho tomado, jovial e vestida. Já havia até descido ao mercadinho do portuga Evilázio. Trouxera pão quente, nata, geleias, queijo, presunto, frutas e croissants para o café da manhã. Não dava para dizer que o dinheiro do Glorioso não estivesse sendo bem empregado.

Procurou saber algo sobre o tiroteio, mas ninguém sabia de nada. Nessas horas, é sempre assim. Manter a boca fechada é o jeito mais seguro de sobreviver aos fatos. Nem o portuga Evilázio, que adora uma novidade, quis se manifestar. Disse que teria ouvido, vagamente, uns tiros nas proximidades do Gasômetro – mas foi só, nada demais.

– Desde bem miúdo tenho o sono muito pesado, sabes?

A primeira coisa que fiz ao me levantar, após lembrar quem eu era, onde estava, como me chamava e que não estava saindo de uma colonoscopia, foi ir à janela. O movimento voltara ao normal, como de costume, com o pessoal do domingo chegando, carregando cuias, térmicas e cadeiras de praia. Era um dia de céu limpo e sol firme. E não demoraria para as redes sociais estarem infestadas da #fornoalegre, com cada cretino querendo fazer o comentário mais idiota no menor tempo possível. Como se essa vil competição ajudasse a baixar ou levantar a temperatura. É isso o que eles não entendem. E tudo vira uma chatice de não se aguentar.

Enquanto tomávamos café, procurei nas seções de notícias alguma informação sobre o tiroteio. Não havia uma hipótese definitiva. Talvez fosse alguém incomodado com o barulho, tese para mim totalmente estapafúrdia. Se fosse assim, ali, naquela área, morria meia dúzia por noite. A mais provável, na qual eu apostaria todas as fichas, era uma briga de facções rivais por domínio de território.

O saldo era de quatro mortos e onze feridos, alguns com gravidade. Três ficaram caídos no canteiro, e um quarto fora baleado num dos carros em fuga. Esse fora desovado ainda na orla, nas proximidades do Parque Marinha do Brasil. Todos tinham antecedentes criminais por roubo, receptação e homicídio. Dois eram do semiaberto, um fugitivo de Charqueadas e o quarto havia sido solto recentemente por medida judicial.

Comecei a ligar os fatos. Expus à Camilinha o meu raciocínio a partir das notícias. Quando se sentou à nossa mesa, tão logo chegamos ao El Trocadero Club, Meuquerido brincara que a ponta da Duque não demoraria para ser deles também, do bando do Gordo Epifânio. Ficava tudo muito claro. O tiroteio já era parte da tomada da área pelo pessoal do Gordo.

Li os nomes dos mortos, e Camilinha arregalou os olhos.

– Edilenéu Santos, vulgo Nenéu – era o último da lista.

– É o Nenéu da Santa Cruz, caraca!

Ela pegou meu telefone para ver a foto.

– Você conhece?

Suas mãos começaram a tremer.

– É o cafetão aqui da área... a quem a gente passa parte do michê.

Tentei acalmá-la.

Ela trancou a respiração. Tapou a boca com a mão espalmada. Como se respirar ou dizer qualquer coisa naquele momento fosse denunciá-la para os jagunços do Gordo Epifânio.

– Menos mal que chegou essa grana do pastor – eu disse. – Veio no momento certo. É a hora de cair imediatamente fora da pista.

Ela baixou a mão. Soltou o ar, sem perder a expressão de pavor.

– Nem me fala.

Um grupo barulhento de pessoas passou lá embaixo, na direção da orla. Alguém ligou um aparelho de som, dentro de um carro. Camilinha serviu-se de água e tomou. Suas mãos tremiam. Uma coisa era certa. Uma guerra pesada havia começado ali perto, ao pé da minha janela.

Olho o relógio e vejo que se passaram os quinze minutos do atraso anunciado pela Simone Guerino. Levanto a cabeça e a vejo saindo da escada rolante. Faço sinal e ela me vê. Vem alegre, e retribuo o alto astral dela com o mesmo entusiasmo. Ela diz que está com pouco tempo, tem plantão naquela tarde no jornal. Mas não podia deixar de me ver. Sempre tenho boas informações na mão, ela brinca.

Relato o motivo do encontro. Dessa vez, não tenho informações para passar a ela, como gostaria. Na verdade, estou é precisando saber de algumas coisas. Conto que fui chamado pelo pastor Ediraltino Canassanta para localizar o filho e os motivos que o levaram a me contratar. Vejo que os olhos dela brilham. Mas peço para nossa conversa ser mantida em *off* até segunda ordem. Ela, então, a meu pedido, me passa informações importantes sobre o mapa do tráfico e da milícia na cidade.

Gordo Epifânio opera de uma cela no Presídio Central. Estivera havia um ano numa penitenciária de segurança máxima do Pará. Nesse meio-tempo, perdera espaço em alguns pontos nevrálgicos do tráfico. Sentiu-se traído por homens das suas próprias relações. Agora, vinha com a faca nos dentes e sangue nos olhos.

Por medida judicial, voltara a Porto Alegre, naturalmente com sede de vingança. Revelo a Simone os pontos de meu interesse, os bairros Floresta, Centro Histórico, Farrapos e adjacências. Ela conta que Galo Fino era homem forte de Gordo Epifânio nessa região. Mas foi só o Gordo ser transferido para fora do Estado e ele começou a minar sua autoridade. Meuquerido, no entanto, se manteve fiel, mas aparentemente fazendo o jogo de Galo Fino, que não desconfiou. Com a volta do Gordo ao Central, Meuquerido passou toda a letra a ele. Galo Fino foi morto e esquartejado para dar exemplo e atemorizar tanto parceiros quanto inimigos. O trabalho de esquartejamento teria sido feito pelo próprio Meuquerido. Senti um frio violento nas costas só de imaginar essa habilidade dele, eu que já conhecia o peso de seu braço tatuado. Na noite seguinte ao assassinato, distribuíram os pedaços de Galo Fino em vários pontos da cidade. Se Gordo Epifânio já tinha fama de violento, com a traição de ex-parceiros ficou ainda mais sanguinário e insano. Basta desconfiar de algo para mandar matar e esquartejar. Tem até um carro adaptado para execução de inimigos, à prova de balas, com chapa de aço no lugar dos bancos traseiros e canaletas internas para escorrer o sangue sem sujar o estofamento.

Ataca em duas frentes, tráfico e milícia. Ao mesmo tempo em que domina a venda de drogas em importantes bairros da cidade, atua como miliciano em outros onde o tráfico é mantido por inimigos concorrentes. Em troca de segurança, cobra valores de prostitutas, travestis e comerciantes de Navegantes, Floresta, Voluntários e avança, agora, pelo Centro Histórico. Por suas características de violência e ousadia, o confronto da noite passada é mais que uma clara evidência. É fato consumado, que fecha com a informação de Camilinha sobre um dos mortos. Entre eles, está o Nenéu da Santa Cruz. Um cafetão do Alto da Bronze e da ponta da Duque, importante área de prostituição do Centro Histórico, que certamente hoje já foi parar nas mãos do Gordo Epifânio.

Vou tomando nota de tudo. Agradeço a Simone Guerino e prometo que, quando as coisas se fecharem, lhe darei boas dicas para uma reportagem. Ela também vai ficar atenta ao assunto. Se tiver algo que possa ser do meu interesse, fará contato. Com jornalistas, psiquiatras e advogados é bom estar sempre de bem. Um dia a gente precisa deles. Ou eles precisam de nós.

Enquanto Simone se afasta, peço outro café. Continuo fazendo anotações no meu bloco de notas. Não tenho dúvidas de que Juliana Júpiter está no meio dessa confusão. Quando penso na possibilidade de cair fora, antes que seja tarde, me vem à cabeça a imagem dos dólares do pastor e dos envelopes que Araceli deixa sobre a mesa a cada visita. Nem pensar, agora vai ou racha a tampa da caixa. Avalio isso quando entra uma chamada de Camilinha. Atendo e ela quase não consegue falar. Tento acalmá-la, mas ela demora a dizer as primeiras palavras.

– Sabe a Gaby? Que fazia ponto comigo?

Pelo estado de aflição dela, já imagino.

Camilinha continua:

– A Gaby, que viu a foto do Júlio César e disse que conhece ele? Que disse que ele é trans?

– Sim, sim! Fala, o que houve?

– É uma das feridas do tiroteio de ontem.

– Você tem certeza?

– Absoluta. A Nanda me ligou pra contar. A Gaby está no hospital, em estado grave.

– Tenho informação quente, foi o Gordo que assumiu a área.

– Se eu não estivesse contigo, teria sobrado pra mim também, imagina só!

Respiro fundo, tento raciocinar rápido para acalmar Camilinha.

– Agora temos que ter calma. Todo o cuidado é pouco.

– Eu queria ir lá no hospital, ver como ela está, fazer alguma coisa. Eu podia estar junto, Boccanera.

Peço a conta e não espero pelo outro café. Corro ao caixa para pagar.

– Nem pensar – eu digo. – Mas nem pensar mesmo. Fica em casa que vou passar aí para a gente conversar. E ver o que fazer.

Camilinha vem me esperar na porta do elevador. Me abraça. Com os pés descalços, veste apenas um short branco e camiseta. Seu corpo está aquecido, e o contato com ele me agrada. Demora-se agarrada ao meu pescoço. Aquilo me acalma o espírito. Lembra o efeito gradual de um relaxante muscular, quando uma terrível dor nas costas parece que vai durar a vida inteira.

Entramos no apartamento, e ela vai me mostrando as modificações feitas para receber os clientes. Claramente tenta evitar ir direto ao assunto que me trouxe até ali.

Depois ela diz:

– A Nanda me contou... nesses dois dias em que fiquei fora, os cupinchas do Gordo estão percorrendo a área, dia e noite... chantageando, extorquindo todo mundo e dobrando o valor da propina. Quem não topar, está ferrado.

A narrativa está pronta, anda por conta. E o alvo são os de sempre, ambulantes, donos de lojas, bares, restaurantes, travestis e prostitutas.

– É terror total – continua ela. – Botaram fogo na portaria da Galeria Malcon, bateram nos vigilantes, ameaçaram todos, querem grana. Quem topar, fica. Quem não topar... vai pro saco.

Camilinha caminha até a geladeira e pega duas cervejas. É uma boa ideia. Está calor e eu começo a ficar com sede. Fazemos um brinde e bebemos. Está no ponto, geladinha, e desce bem. Ela conta que já criou as contas para Sidy Crawford. Quando toca nesse assunto, fica animada.

Eu digo mais uma vez que em boa hora ela está conseguindo sair da zona de perigo. Não tem muito do que reclamar. O negócio agora é se afastar dos escombros do terremoto e tocar a vida. Ela confere o site Sexy Prenda Minha e se entusiasma. Seu anúncio acaba de entrar no ar.

Reforço a orientação para ela não revelar isso a ninguém. Certamente, no lugar do Nenéu da Santa Cruz, hoje, já estará outro cafetão, agora da facção de Gordo Epifânio. E vai querer saber dela. É bom também ter cuidado ao andar na rua. É preciso evitar a região conturbada. Centro Histórico e adjacências só em caso de emergência.

Tomamos aquela cerveja e Camilinha vai pegar mais duas. É quando chega um Whats no meu telefone. É Araceli querendo me ver. Vai passar no meu apartamento dentro de meia hora. Digo a Camilinha que preciso ir. Ela não gosta.

– Pensei que você ia ficar aqui comigo – ela diz, um jeito de contrariada.

Parece ficar mais chateada quando digo que Araceli vai lá em casa. Para acalmá-la, lembro dos dólares que ficam dentro do envelope pardo quando ela vai embora.

– Temos que cuidar bem da nossa galinha dos ovos de ouro – eu digo.

Ela faz uma cara de ironia.

– Quanto à galinha você tem razão... – diz, e me pergunta se gostei do novo visual do apartamento.

Respondo que sim, ficou elegante, sem exageros. E ficou mesmo. Camilinha tem bom gosto. É puta, mas tem bom gosto. E vai ganhar dinheiro, se não houver algo extraordinário para atrapalhar.

Demonstro satisfação com as modificações. Digo que precisamos fazer uma confraternização. Ela concorda. E volta a se entusiasmar. Me acompanha até o elevador. Me dá um selinho e fica parada até a porta se fechar. Em seguida, me manda uma mensagem de Whats. Diz para eu avisar quando a bispa for embora. Respondo que sim e a convido para ir lá em casa, ver o pôr do sol no Guaíba. Ela escreve "kkkk". E diz que talvez.

Antes de entrar no carro, me ocorre o mesmo de sempre. Confiro as adjacências para verificar algum movimento suspeito. Em princípio – faço questão de dizer em princípio –, tudo me parece normal. Mas, como disse Meuquerido, a gente nunca sabe. As aparências, principalmente as de tranquilidade, podem esconder o pior. Ainda mais quando um tornado está se formando nas proximidades e não se sabe o rumo a ser tomado por ele logo a seguir. A gente até pode fugir. Mas tem as coisas que ficam para trás, que não dá para levar junto.

13

Mas sempre, eu digo sempre porque é sempre mesmo, sempre há uma mosca kamikaze violando o espaço aéreo da nossa felicidade, pronta para se jogar sobre o espaço territorial do nosso prato de sopa quente.

Olho pela janela, à espera da Camilinha, que está vindo num carro de aplicativo, embora seu apartamento fique aqui perto. A noite baixou, mas a orla continua cheia e barulhenta. Não faz muito, houve uma confusão grossa num quiosque. A polícia chegou em seguida e levou quatro para o xadrez. Só depois da meia-noite essa malucada toda começa a voltar para casa, feliz da vida porque viu o pôr do sol mais lindo do mundo.

À tarde, depois que saí do apartamento da Camilinha, a Araceli veio como combinado. Chegou parecendo assustada. Passou pelo biombo, quase sem se desviar, e foi até a janela. Olhou demoradamente o cenário, sem se voltar para mim. E me pediu um copo d'água. Fiquei preocupado. Problemas, quando têm que aparecer, não se preocupam em espaçar o tempo entre um e outro. É como dominó. Cai um e vem o resto atrás, na sequência e em alta velocidade.

Fui à cozinha, peguei um copo do armário, abri a geladeira, servi a água, fechei a porta, dei o primeiro passo e olhei em frente. O tempo de fazer isso, pegar o copo, abrir a geladeira, servir a água e olhar na direção dela foi o suficiente, e talvez até tenha sobrado alguns segundos, para ela tirar a roupa toda, soltar os cabelos, me abrir um sorriso e me expor, igual a um sexo desabrochado, aquele vão entre os dois incisivos superiores, que para mim, junto com o gesto indecoroso de soltar os cabelos, era labareda grossa em tempo de seca correndo morro acima.

Ela pegou o copo e tomou toda a água quase num gole só. E disse, antes de puxar o meu pescoço para um beijo:

– O Edi chega hoje à noite. Vamos aproveitar enquanto estamos vivos.

Aquilo, na hora, não me chamou a atenção. Passou batido. São aquelas coisas, igual a uma torção no tornozelo, por exemplo. Na hora, a gente nem percebe. Só passa a incomodar depois que o calor do corpo esfria. Aí a gente se surpreende porque não consegue caminhar e fica se perguntando: como isso aconteceu sem eu perceber?

Talvez fosse apenas uma força de expressão. Afinal, tudo o que de prazeroso se faz na vida é feito para aproveitar enquanto estamos vivos. Mas isso a gente não fica dizendo a toda hora. Diz mesmo é quando algo real e extraordinário pode nos obrigar a fazê-lo. O certo, preciso salientar, é que aquele foi um final de tarde soberbo, eu amarrado até os fios de cabelo nos braços roliços de Araceli. Apesar do mau agouro da frase.

Não foram muitas, até porque não dava tempo para isso. Mas a última foi como ela queria. Olhando o sol se pôr, eu por trás, avançando sobre um ponto proibido que, se o pastor Ediraltino Canassanta sonhasse, a colocaria no panelão do capeta para fritar viva, em óleo escaldante, até depois do juízo final.

Ela pediu licença para gritar. E eu ia dizer o quê? Por mim... Até porque, nessa seara, quem precisará prestar contas ao Glorioso, depois, será ela. Eu já estou mesmo no inferno, e isso, para ser sincero, é coisa que não me tira o sono. Às vezes até faço questão de qualificar as minhas credenciais citando em público esse mero detalhe.

A seguir, com as respectivas almas em paz uma com a outra, ouvimos um foguetório, buzinaço e gritaria para o lado do Beira-Rio. Mas era algo distante, que parecia não nos dizer respeito, e tudo se acalmou com o lento avançar da tarde dentro dos nossos corações apaziguados.

Ficamos absortos, em estado de quase levitação, embriagados com o clima acolhedor do ambiente. Um tom bonito de luz filtrada entrava pela janela, e nos sentamos no sofá. Cada vez que Araceli erguia o copo para tomar um gole, um raio indireto de sol penetrava na transparência alaranjada do uísque. Aquela claridade abrasada do entardecer, a brisa agradável entrando pela janela, o corpo nu de Araceli, a sobriedade das suas vestes espalhadas pelo chão, aquilo tudo só podia ser a contrapartida de alguma obra de caridade, de alguma boa ação que eu tenha feito ao longo da vida e que agora aparecia para me recompensar. Era oriunda de uma lei de causa e efeito que culminava no território sem fronteiras dos nossos espíritos felizes e saciados, era o que eu teria a dizer a Deus se me aparecesse naquele momento encantador e me perguntasse como eu me sentia.

Mas sempre, eu digo sempre porque é sempre mesmo, sempre há uma mosca kamikaze violando o espaço aéreo da nossa felicidade, pronta para se jogar sobre o espaço territorial do nosso prato de sopa quente. A maldição da frase ia e vinha na minha cabeça, a macular o sabor do meu exuberante nirvana.

– Vamos aproveitar enquanto estamos vivos.

Xô, Satanás!

Quando me dou conta, abro os olhos e vejo Camilinha, em pé, na minha frente. Bota as mãos na cintura, parece irritada. Adormeci pesado e Araceli foi embora sem me acordar.

– Pô, bonitão! Pensei que o Meuquerido tinha te apagado. Quase derrubei a porta. Ainda bem que trouxe a tua chave comigo.

Ouvir falar em Meuquerido naquelas circunstâncias me causa um calafrio. Mas, realmente, eu havia apagado, saído do ar. E Araceli era a causa da minha viagem sideral sem um pingo de gasolina no tanque. Seria louco se negasse. Mas não digo nada a Camilinha. Ela senta-se na minha frente. Desamarra a cara em seguida. Aliás, esse é o bom da Camilinha. Não fica alimentando os desassossegos da alma além do necessário. Diz o que tem para dizer e pronto. Assunto encerrado.

Conta que recebeu duas ligações de clientes. Diz isso e faz um breve suspense.

E vou despertando aos poucos para a realidade, nua e crua, sendo refletida no rosto querido dela, a poucos palmos do meu nariz.

– Um é desses que querem papinho bagaceiro, para ficar se masturbando no outro lado... conversei um pouco, não queria ser indelicada, e desliguei. Mas o outro...

Dizendo isso, faz uma pausa. Vai à geladeira e pega uma cerveja. Camilinha tem noção de narrativa, de suspense. Se fizesse uma oficina literária com o professor Retórico Retumbante, seria capaz de ganhar ambição. Quem duvida?

Bebe na garrafa. Espera que eu pergunte pelo outro cliente. Mas não dou o braço a torcer. Simulo indiferença. Ela faz uma expressão irônica.

– Ou seja, Boccanera – diz, finalmente. – Já inaugurei o meu espaço.

Digo parabéns, mas não peço detalhes.

Sem eu perguntar, conta que foi um desses domingueiros. Aquele coroa bandido que diz à mulher que vai ao jogo de futebol e dá uma escapada para cometer o crime perfeito.

– Trepou com o radinho ligado, ouvindo a transmissão. Mas fez bem-feito, com afeto e competência. Pagou sem regatear. E saiu feliz. Deu uma gozada daquelas de sacudir o mocotó das canelas porque o Inter ganhou um Gre-Nal.

Foi o foguetório que Araceli e eu ouvimos ao morrer da tarde, nas imediações do Beira-Rio.

A Camilinha é muito engraçada com essas expressões trazidas de Uruguaiana. Pensou um pouco, soltou um suspiro:

– Foi um daqueles *treps* que fazem valer a pena a vontade que a gente tem de ser puta, sem pensar só em grana.

Que frase! Que frase para alimentar um compêndio, pensei. Mas não fiz comentários. Diante do meu silêncio, Camilinha pergunta:

– E você, comeu a galinha?

Por mais indelicada que seja a situação, Camilinha tem o poder de me puxar para cima. Tenho que rir do jeito que ela faz a pergunta.

Movimento positivamente a cabeça. Antes de eu dizer algo, ela acrescenta:

– Espero que dessa vez ela tenha te dado aquilo que você quer.

Agora faço de propósito. Não digo nada. É hora de devolver o suspense. Apenas rio da cara dela.

– Qual é a tua, Boquinha!? Vai esconder o jogo agora? – ela simula irritação. – A bispa deu ou não deu o que você queria, Boccanera?

– Deu – digo, e ela explode numa gargalhada.

– Olha aqui, Boccanera – ela diz, quando consegue parar de rir. – Essa bispa não tem nada de santa. Vai por mim, bonitão!

O ambiente se descontrai imediatamente. Embora tenha enchido a cara de uísque com Araceli, pego uma cerveja e volto a me sentar.

– Mas a vinda dela aqui não foi só sexo, se você quer saber – eu digo. – Me passou umas informações importantes. E deixou mais uns dólares.

– Nossa, Boquinha! – ela debocha. – Você está fazendo um bom serviço no coração dessa vagaba. Pra ela abrir a bolsa desse jeito.

Araceli me contou que Ediraltino está obcecado pelo poder, pela proximidade com o presidente, com as possibilidades e impossibilidades que isso acarretará. Em especial, aflito com as iminentes impossibilidades, as da aldeia, as daqui de perto.

– E é aí que entra o rival, o pastor Feliciano Macedo – eu digo.

Camilinha toma um gole na garrafa. Parece satisfeita. Afinal, foi ela quem me advertiu para ir atrás de informações sobre a vida de Feliciano Macedo.

– Isso vai dar merda, Boccanera – ela diz.

– Tenho certeza de que sim. O negócio é evitar que respingue na gente.

Revelo a Camilinha todo o conteúdo da minha conversa com Araceli. Ela me contou que Feliciano surtou com a presença de Ediraltino em Brasília, como braço direito de Waldério Miracalva, no culto de livramento ao presidente. Aumentou a pressão. Quer que Canassanta declare aos fiéis que não será candidato a deputado. Caso contrário, apresentará Júlio César ao povo de Deus. Não se sabe até onde Feliciano Macedo está blefando. O certo é que tem um trunfo na mão. Sabe quem é Júlio César e, possivelmente, conhece seu paradeiro. Ediraltino antecipou sua volta a Porto Alegre. Vai se encontrar pessoalmente com Feliciano. E não se sabe do que será capaz. Está acuado e com raiva.

– Esses dois ingredientes no prato de Ediraltino – disse Araceli – dão medo só de imaginar.

Perguntei sobre aquele papo de procurar alguém para me seguir, depois que ele nos viu na igreja. A obsessão dele por resolver a questão diretamente com Feliciano se tornara tão grande que ele não tocou mais no assunto, ela me garantiu. Tinha sentido, e fiquei mais tranquilo. O Walter Jacquet se recusara. Ediraltino viajou imediatamente para Brasília. Talvez não tenha tido tempo de ir atrás de outro. Na verdade, isso para Ediraltino passava a ser uma questão menor diante dos últimos movimentos de Feliciano Macedo. Mas não seria prudente baixar a guarda. Se não fosse Ediraltino, poderia ser Meuquerido. Nunca custa lembrar que o assunto com ele, no El Trocadero, ficara pendente. De uma hora para outra, poderia aparecer. Eles não estavam longe. Aliás, estavam muito perto para o meu gosto. Não faz nem 24 horas que mataram quatro aqui na frente, quase embaixo da minha janela.

Em seguida, Araceli perguntou sobre as minhas novidades. Se minha procura por Júlio César tivera algum avanço. Eu disse que sobre ele, propriamente dito, não. Mas precisávamos considerar o universo com o qual ele poderia estar envolvido. Juliana Júpiter largara a prostituição por causa de um namorado. Quem disse isso às travestis da São Carlos fora Meuquerido, braço direito do miliciano Gordo Epifânio, que dominava o bairro Floresta e adjacências e acabava de tomar o Centro Histórico. Contei a Araceli do tiroteio embaixo da janela, mas ela não reagiu como eu imaginava. Talvez fosse um preconceito meu. Imaginar que uma mulher gritaria e sapatearia de medo ao saber os detalhes de um crime sangrento ocorrido tão perto.

Revelei a ela traços da personalidade de Gordo Epifânio, que vinha para a guerra sem admitir qualquer ato que pudesse induzir traição e, certamente, não se furtaria a apagar com as próprias mãos quem por acaso pensasse em disputar espaço com ele nas regiões sob seu domínio. Eu mesmo tivera uma experiência. A preocupação de Meuquerido ao nos abordar era essa, o temor de que fosse a mando de algum rival tentando cooptar ou cobrar propina das travestis da Rua São Carlos.

Araceli ouviu tudo em silêncio. Às vezes, parecia em viagem, distante, a bordo de uma nave espacial. Sobrevoava a terra plana na companhia do ministro da Educação, aquele de sobrenome estranho e cara de invocado, que acha que no folclore brasileiro existe um boi chamado Tatá.

Depois perguntou, me parecendo sem muita convicção:

– E você acha que Júlio César pode estar... – fez uma pausa. – Pode estar, de alguma maneira, envolvido com essa facção?

– Não tenho dúvidas – eu disse. – E o problema, agora, é chegar lá, tendo que passar por cima dos interesses do Gordo Epifânio.

Ela pensou um pouco. Eu continuei, como se ela não tivesse entendido.

– Ou seja: sem que o Gordo pense que estamos querendo ocupar o espaço dele. Se pensar isso, faz como fez com o Galo Fino, esquarteja cada um de nós, sem dó nem piedade. Essa gente não perdoa, não existem inocentes se desconfiarem de que seu poder pode estar em jogo.

Ela pensou mais um pouco. Depois disse, mas ainda com jeito de desentendida.

– *Essa gente*, que você diz, são os capangas do Gordo Epifânio.

Não demorou para eu perceber que as perguntas de Araceli tinham um objetivo. Não batiam com o que se passava lá dentro da cabeça dela. Ela não perguntava pela necessidade de ouvir respostas que esclarecessem suas dúvidas. Ela perguntava, isso sim, para manter o ritmo do diálogo, para eu não me sentir excluído do seu interesse pelo assunto, sem dar na cara que, lá dentro, na sua massa cinzenta, ela confabulava perfídias consigo mesma.

Depois ela me fez perguntas mais objetivas. Como era o tal Meuquerido, o El Trocadero, localização, os pontos de prostitutas e travestis, hora de maior movimento, essas coisas. Eu, como não sou bobo e não nasci ontem, tenho quase três décadas de praia, fiquei atento. Ela planejava algo. Não sei contra quem, mas, pela sua cara, um plano macabro se passava dentro de sua linda cabeça. Fiquei com essa sensação me martelando a ideia. A Camilinha estava com a razão. Aquela bispa não tinha nada de santa. E não era só na hora de ir para a janela, de frente para o pôr do sol, virar as costas para mim e berrar "ai, que loucura! Isso, tá-que-tá-danado! Isso aqui é bom demais!".

Araceli não era santa em outras coisas também. Não fosse assim, não estaria casada com o pilantra do Ediraltino Canassanta. Estaria vendendo calça de grife numa butique do Iguatemi ou batendo pandeiro no Exército da Salvação, ali na Esquina Democrática.

– Olho vivo e pé ligeiro, minha amiga Camila Queiroz – eu digo, me levantando para pegar outra cerveja na geladeira.

Camilinha pede uma também.

E diz:

– Ela vai ferrar alguém, Boccanera. Vai por mim. É bem capaz de botar o Ediraltino no caminho do Gordo e esperar para ver o circo pegar fogo. De camarote.

Camilinha não é boba. Eu volto com as cervejas.

E digo:

– A impressão que tive também. Mas desde que nos deixe fora.

E fizemos um brinde com as duas garrafas.

No outro lado da janela, o barulho tradicional da orla vai morrendo junto com o domingo, que se apaga, aos poucos, num ritmo melancólico e meio distópico, para usar uma palavra da moda. Para compor a atmosfera, quando ligo o rádio, na Caiçara, está tocando uma do Rei: "Como vai você? Eu preciso saber da sua vida".

Camilinha deita a cabeça no meu ombro e assim fica até sentir sede e tomar outro gole de sua garrafa. Vira-se para mim, com um olhar que não é de tristeza, mas quase isso, algo entre a ironia e o ressentimento, e diz:

– E você, Boccanera?

Não entendo a pergunta. Ela encolhe os joelhos para cima do sofá, abraça-se a eles e volta a me encarar, mantendo uma certa distância para me olhar diretamente o rosto.

– Nunca fala nada de você...

Dou um sorriso sem graça.

– Minha vida é um livro aberto...

– Não parece.

– Com páginas em branco.

Ela movimenta a cabeça, em sinal de negativo.

– Pelo menos uma vez na vida as pessoas sempre se abrem. Você nunca me falou de você mesmo.

– Nunca?

– Não, nunca. Só sei o básico, que você nasceu numa cidade do interior chamada Capim Roçado, veio para Porto Alegre fazer faculdade, se formou, arranjou um emprego, largou a profissão, seus pais já morreram, não tem irmãos, praticamente não tem amigos...

Começo a rir. Ela se faz de irritada. Joga uma almofada no meu rosto.

– E você acha isso pouco? – eu digo.

– Sim.

– É porque não tenho mais nada de importante para contar.

– Não acredito. A gente sempre tem. Uma grande decepção amorosa, por exemplo.

– Mas isso é o normal. Todo mundo tem. Ou é um amor impossível, platônico... ou é um chute no traseiro sem razão específica, ou é uma bola nas costas. O motivo da decepção amorosa se resume a esses três pontos. É igual para todo mundo. O diferente é que as pessoas sempre acham que a sua história é a mais trágica de todas as existentes no universo. Que dá um livro. Mas, no fundo, é tudo igual.

– É, pode ser. Mas os detalhes, as formas de contar podem mudar...

– Não. No fundo, não. Essas histórias, se espremidas, são todas iguais. É até meio cansativo. Talvez seja essa a razão de eu nunca falar sobre isso. Não fico contando e chorando as pitangas.

– Mas para mim você poderia contar. Sou sua amiga, né?

– Está bem.

Ela me olha, curiosa: toma um gole de cerveja, como se estivesse se preparando para ver o capítulo inédito da sua novela preferida na televisão.

– Foi uma bola nas costas – eu digo, e fico propositalmente em silêncio.

Até que ela pergunta:

– Sim, e o que mais?

– Não tem o que mais, uma bola nas costas é uma bola nas costas. E pronto.

Ela faz um jeito de protesto.

– Um dia você ainda vai acabar me contando os detalhes. Deve ser algo que te marcou muito. E que você ainda não resolveu bem na cabeça.

A Camilinha o trem não pega, é o que penso. Tem corrida, como se diz lá no interior, na minha terra. Tento dissimular.

– Você não vai achar graça nenhuma. É tudo igual. Só mudam os personagens.

Ela faz uma cara de decepção. Depois se joga para trás, com a cabeça apoiada no espaldar do sofá. Ficamos assim um longo tempo, cada um pensando na vida, à sua maneira.

Finalmente, ela diz:

– Você é uma figura difícil, Boccanera.

– Nem tanto – eu digo e puxo-a para perto de mim.

Ela afrouxa o corpo e se aconchega, a cabeça no meu peito. Acaricio os cabelos dela e ficamos outra vez calados.

Passados alguns minutos, decido satisfazer a sua curiosidade. Nunca havia comentado aquilo com ninguém. Mas Camilinha merece, se é essa a sua vontade.

Uns anos atrás, reencontrei uma ex-colega de aula, do nosso tempo de adolescentes, lá no interior. Ela havia sido a minha paixão platônica durante todo o segundo grau, sem que nenhuma outra se transpusesse entre eu e ela. Apesar disso, eu nunca encontrara uma oportunidade de me declarar. Ou nunca tivera coragem de fazê-lo. Na verdade, acho até que tinha medo dela, de ser rejeitado e depois ter que aguentar a zombaria dos amigos. Terminamos o curso, cada um foi para o seu lado, como deve ser, e nunca mais nos vimos. Ao nos reencontrarmos, anos mais tarde, já adultos, numa situação que nos permitia conversar sem pressa e sem medos, ela confessou que sentia o mesmo por mim. E, de bom humor, reclamou do meu comportamento. Eu nunca dera qualquer sinal. Assim, ela jamais poderia imaginar. Eu disse o mesmo. Ela também não dera qualquer sinal, não havendo também como eu saber. Rimos e nos divertimos com os nossos medos e bobagens de adolescência. Até que acabamos a noite juntos. Ela estava livre e eu também.

– Agora que somos adultos, como diria Cortázar, agora que sabemos o que um quer e o outro também, e que a nossa vontade não altera o movimento de nenhum dos astros do universo, te convido para encerramos a noite lá em casa – ela disse, rindo e entusiasmada com a possibilidade de recuperarmos pedaços de uma felicidade que havia ficado para trás e acabávamos de descobrir viável.

Quando já estávamos no seu apartamento, quando fazíamos o primeiro brinde da noite, ela estalou a língua com prazer e disse que era melhor que tivesse sido assim, que, lá atrás, no auge da nossa imaturidade, não tivéssemos descoberto a paixão de um pelo outro. Hoje, certamente, estaríamos nos reencontrando com o espírito cheio de rancor e de tristezas pelo que um poderia ter feito ao outro. Ou, numa hipótese menos grave, mas também melancólica, nos olharíamos sem emoção, tomados pela indiferença comum às coisas desgastadas e sem valor.

– Teríamos, nós mesmos, destruído essa expectativa indescritível, de estarmos agora a um passo de descobrirmos um mundo novo, pleno de alegrias, com a sensação de que nossos momentos felizes ainda podem ser resgatados na sua plenitude.

Disse isso e sugeriu um brinde. Batemos os copos e nos beijamos. Compartilhávamos a pretensão de que, livres das inexperiências da juventude, nossa relação durasse para sempre.

A seguir, ao natural, fomos nos encontrando outras vezes, sempre com o mesmo pique. A cada encontro com a sensação de que nos renovávamos, recuperando aos poucos, detalhe por detalhe, aquelas emoções sonegadas havia muitos anos. E começamos a namorar a sério. Tudo ia bem, sem qualquer contratempo ou obstáculo visível ou invisível à nossa frente. Ela era dona de uma loja de roupas femininas num shopping da cidade, eu tocava a vida do outro lado. Uma noite, quando fui buscá-la para jantar, como sempre fazíamos na sexta-feira, ao deixar o carro no estacionamento, percebi um movimento anormal, de pessoas agitadas e tensas. Subi as escadas intrigado com aquilo. Quando cheguei ao andar da loja, vi que o local estava isolado pela polícia. Resumindo, pois sobre isso nunca haverá nada de relevante para dizer em termos de consolo, o seu ex-marido a tinha matado e se suicidado depois. É o tipo de coisa que deixa o sujeito pelo resto da vida a sete palmos embaixo da terra, sem ter o que dizer para se consolar. Ela havia me falado do ex, que não aceitava a separação. Mas jamais aventara essa possibilidade. Aí o cara chegou lá, na boa, sacou o revólver, deu três tiros nela, enfiou o cano na própria boca e puxou o gatilho.

– Fazer o quê? – digo a Camilinha, ela com a cabeça encostada no meu ombro. Eu mesmo respondo: – Nada, a não ser procurar esquecer, tocar a vida, com a sensação de que nada de pior pode acontecer dali para frente.

Camilinha permanece em silêncio, sinal de que concorda comigo. Mas sinto sua presença, sua solidariedade, e é exatamente o que eu quero. O silêncio em troca de qualquer palavra ou gesto. Em tal circunstância, tudo será para sempre inútil e sem propósito.

– Fazer o quê? Arrancar o bandido do caixão e dar uma surra? E bater até ele se dar conta da bobagem que fez?

Camilinha entende a minha dor. Mantém-se calada, passa a mão aberta no meu peito em sinal de afeto. E é por uma dessas que gosto dela, da sua companhia e do seu jeito de compreender o mundo, as tristezas e as alegrias, de falar quando é para falar, de fazer silêncio quando é para fazer silêncio, de encarar numa boa meu uísque de quinta quando não tenho algo melhor para compartilhar com ela.

Calados, bebemos mais duas cervejas cada um. A madrugada avança e entra naquele raro e curto período em que os barulhos cessam e a gente pode ouvir, ou talvez só imaginar mesmo, o som natural da noite, o canto dos sabiás ao longe e a água do rio batendo nas margens.

Ainda sem sono, trocamos algumas ideias sobre o dia seguinte, sobre os perigos à nossa espreita, os cuidados necessários e os próximos passos para encontrar Júlio César. Camilinha não toca mais no assunto da minha ex. Entende que é esse o meu jeito de enfrentar a dor. Em silêncio, sem frases no condicional ou com batidinhas nas costas, sem revirar a tragédia do avesso ou mexer inutilmente nos seus retalhos. Até que somos pegos pelo cansaço e pelo álcool e dormimos no próprio sofá. Só acordamos ao amanhecer, com o som de buzinas e de gritos, seguidos de correria, embaixo da janela. É a semana que começa e nos avisa que a vida não é uma brincadeira de crianças, nem um inofensivo joguinho de video game.

14

Sento-me de frente para o edifício, à espera de algum sinal do que lá dentro se passa. Depois de algum tempo, vejo Camilinha aparecer na janela.

A segunda-feira começava sem fugir à regra, ressaca e desânimo. Ficava aquela sensação de que o sábado e o domingo passaram rápidos demais e deixaram atrás de si um imenso buraco vazio e sem fundo.

Camilinha saíra havia pouco. Ia para casa receber o irmão que chegava de Uruguaiana. Desejei sorte. Ela disse:

– Sorte o caralho, Boccanera. Puta com irmão gaudério em casa não terá sorte nunca. Só na tua cabeça.

Ainda rio da tirada da Camilinha, que sai de mau humor, batendo a porta.

Penso em me distrair um pouco e entro no Instagram da Araceli argentina. Até já estava com saudade dela. Tem vários *stories* da noite anterior, numa boate de Buenos Aires. Vejo o primeiro: está parcialmente nua, com aquela imensa folha de maconha nas costas, e me emociono com sua semelhança com a real e, digamos, palpável. Quando passo para o segundo, toca o telefone. É a jornalista Simone Guerino. Deixo os *stories* de lado e atendo imediatamente. Para Simone estar ligando àquela hora, só pode ser coisa boa. E é.

Simone fala rápido. Diz que precisa conversar pessoalmente. E faz uma pausa. Entendo a preocupação. Quando uma pessoa como Simone Guerino liga para dizer que precisa falar e que a conversa deve rolar pessoalmente, não há tempo a perder pedindo dicas ou se fazendo de desentendido. Ela, inclusive, tem o cuidado de dizer apenas "no lugar de sempre". Entendo a senha. "Daqui a meia hora." Tempo curto também. Para evitar pesquisas de terceiros sobre o que seria o lugar de sempre. Me visto depressa. Vou correndo até a Duque de Caxias, onde pego um táxi. Prefiro assim. Me dá mais possibilidades de cuidar o entorno. Em princípio, tudo limpo.

Chego ao café do shopping com cinco minutos de antecedência. Simone Guerino vem na hora marcada. Eu já havia pedido uma água e o suco de que ela gosta. Mesmo em tempos de feminismo, esses detalhes são importantes. Como lembrar sempre do que uma mulher gosta. E do que não gosta também, na mesma relação de importância. Não custa nada e funciona.

Simone senta-se e a garçonete vem com a água e o suco, como se estivesse esperando por ela, na frente de quem larga o copo de suco.

Simone sorri.

– Obrigada, Boccanera. Você pensa em tudo.

A segunda-feira realmente começava bem.

Simone toma um gole e espera a garçonete se afastar. Àquela hora da manhã, o movimento no shopping é pequeno. Isso nos deixa mais tranquilos.

Então ela me conta o que descobriu sobre Juliana Júpiter, com uma fonte sua na polícia.

Eu devia ter imaginado. Mas a revelação me pega de surpresa. Juliana é a nova companheira de Gordo Epifânio. E mais do que isso: como prova da autoridade do Gordo no Presídio Central, ela quase mora lá dentro. Entra e sai à hora que quer, por ordem do Gordo ou por iniciativa própria. Correu o boato de que havia feito uma cirurgia de troca de sexo. Isso surgiu porque, logo após deixar a pista, na São Carlos, fez uma viagem à Itália, onde ficou alguns meses. Mas foi só boato.

– Até porque – disse Simone, irônica – o Gordo Epifânio também curtia... Dizem que Juliana até era simpática à ideia da cirurgia, mas sem convicção. Aí o Gordo cortou o papo, e ela também não se incomodou por se manter como nasceu.

Juliana Júpiter mora numa mansão comprada pelo Gordo, no bairro Mont'Serrat, cercada de um séquito de serviçais e seguranças. Para agradá-la, o Gordo permite que, à noite, ela faça uma performance como dubladora de celebridades na boate Tijuana Dancing, na Avenida Farrapos. Mas sempre vigiada por seus capangas, para que não saia da sua linha de tiro.

Simone Guerino fica ansiosa. Com essa descoberta, tem uma super matéria na mão. É só redigir e publicar. Mas, claro, sabe que tenho a prioridade para o uso da informação. Ela descobriu o principal, aquilo que significa o desfecho da história. Mas tem consciência de que chegou até ali a partir do meu interesse de procurar o filho do pastor, que estava sendo chantageado por outro pastor. Simone é muito ética e fiel, é preciso lembrar.

Passo a ela as últimas informações, de que Ediraltino voltou às pressas de Brasília e, nesta semana mesmo, terá com Feliciano Macedo um encontro privado para discutir a questão da candidatura a deputado. Segundo Araceli, as relações entre ambos estão pegando fogo. Ela teme até por uma tragédia.

Simone quer saber quais serão os meus próximos passos. Precisa se programar para redigir a sua matéria. Eu digo que, como combinado, primeiro passarei as informações a Araceli que, certamente, as manterá em sigilo. Deixo combinado com ela que, tão logo converse com a bispa, entrarei em contato. E ela ficará liberada para redigir sua reportagem.

Chego em casa e tento falar com Araceli. Envio um WhatsApp sucinto e cifrado, mas ela não responde. No final da tarde, Camilinha avisa que está vindo. O irmão havia saído para um happy hour com dois amigos. Apesar da chateação com a presença dele na cidade, chega de bom humor. Aliás, mau humor na vida da Camilinha, quando existe, é nuvem passageira que com o vento se vai. Logo ela acha algo engraçado para contar, e tudo passa. Por isso, Camilinha é a minha top, minha musa, minha parceira para o que der e vier, a minha graça de Deus vestida de puta.

Chega fazendo barulho. Já superou bem a presença do irmão na cidade. Diz que ouviu uma conversa dele com um dos amigos com quem sairia. E conta, às gargalhadas, que antes de desligar o telefone ele disse: "Depois temos que ir pras putas, meu velho!".

Camilinha se diverte.

– Disse que ia pras putas afogar o ganso! E com uma irmã puta em casa. Haha!

Camilinha está contente porque fez um programa à tarde, num motel. O irmão passou o dia na rua. Foi resolver problemas. Ela não podia correr um risco desnecessário de ele chegar e dar um flagra.

Mas sua preocupação é com outro assunto. José Carlos, o irmão, lhe contou que a mãe está doente. Vai fazer uns exames e talvez precise de quimioterapia. Parece ser algo grave. A mãe nunca se preocupou com exames preventivos. Deixou o problema avançar, em silêncio, sem falar nem procurar um médico. Tanto é que Camilinha só ficou sabendo disso agora. E talvez seja tarde.

A seguir, conto sobre a descoberta de Simone Guerino. E que estamos chegando ao fim do nosso trabalho. Eu só espero o retorno de Araceli para ver como encaminhar o caso. O certo é que já tenho informações concretas para passar a Ediraltino sobre o filho. Dar o caso por encerrado e pegar o resto dos nossos dólares.

Nesse momento, toca a campainha. Vacilo antes de abrir a porta. Esperamos um tempo. Toca uma segunda vez, com mais força. Camilinha vai para a cozinha enquanto vou ver quem é. Araceli entra rapidamente, como da outra vez. Só que agora não pede água, nem tira a roupa. Vem curiosa sobre o conteúdo de minha mensagem, sobre o que tenho para contar. Embora sucinta e cifrada, ela entendeu bem o caráter de urgência das minhas palavras.

Então, sem fazer muitas voltas, revelo as descobertas de Simone Guerino. Sem citar a fonte, claro. Preciso preservar o nome da Simone, em especial para quando sair a matéria. Certamente, Ediraltino não vai gostar. E não será bom que faça uma relação entre mim e ela.

Araceli não se surpreende. Embora a relação de Juliana com o Gordo Epifânio a tenha deixado com ar de preocupação, pensativa.

– Você tem alguma ideia? – eu pergunto.

Ela tem um leve sobressalto, quase imperceptível, ao ouvir minha voz.

– Ideia? Não, nenhuma.

– Estou fazendo como você me pediu.

– Sim, sim. Você fez bem. – Ela ainda se mantém pensativa. – Minha preocupação era para o caso de Júlio César estar numa situação de fragilidade e não ter como enfrentar uma ofensiva violenta do Ediraltino. Mas... pelo visto, está mais seguro que nós.

– Então, posso chamar o Ediraltino para entregar o serviço?

Ela agora não pensa antes de falar. Responde rápido.

– Sim, pode. A hora que quiser.

– E se ele surtar? E tomar alguma atitude extrema? Invadir o Tijuana e der um tiro em Juliana, por exemplo?

– Não faria isso – ela diz.

– Eu não tenho tanta certeza.

E ela, depois de alguns segundos de silêncio:

– Tenho como neutralizá-lo. Não se preocupe. Se fizesse isso, aí, sim, botaria tudo a perder para o lado dele.

– E se contratasse alguém para fazer o serviço?

– Não mudaria muito, o próprio Feliciano se encarregaria de jogar tudo nas costas dele. Seria o fim. Imagina a repercussão, pastor mata o próprio filho travesti para fazer carreira política. – Ela pensa mais um pouco, o olhar trespassando a janela, na direção da chaminé do Gasômetro. – Mas não se preocupe. Sei como encaminhar a situação.

Pode marcar com ele e entregar o relatório. Dou minha palavra. Deixa o Ediraltino comigo. Eu conheço bem a peça.

Nesse momento, ouvimos um som de passos às nossas costas. Eu até havia me esquecido da Camilinha. Araceli se assusta. Vira-se e a vê. Camilinha nos olha com o jeito que sempre admirei. Sorri e fala com espontaneidade. Uma simpatia que encanta quem quer que seja logo à primeira vista. E desarma Araceli se por acaso pensasse em ser hostil.

Pede desculpas.

– Preciso fazer xixi.

E entra no banheiro, quase correndo.

Só agora presto atenção em Araceli. Num primeiro momento imaginei, com razão, que a presença de Camilinha pudesse criar um clima de constrangimento.

Talvez, quando a viu de surpresa, quando sentiu a presença de mais gente no apartamento, a expressão dela tenha sido mesmo de estranhamento, de espanto, de medo ou algo parecido. Mas, se isso ocorreu, foi coisa muito rápida. O que eu vejo agora é um olhar de empatia, de confessa curiosidade e admiração, mesmo ela tendo visto Camilinha por menos de cinco segundos. Minha opinião é que o ambiente até se tornou mais leve com a entrada dela em cena. Resumindo, o queixo de Araceli parecia ter caído e demorava a voltar à sua posição normal.

A bispa se volta para mim quando a porta do banheiro se fecha.

– Sua namorada?

– Amiga.

– A mesma que estava dormindo atrás do biombo, aquele dia?

– Não – eu respondo para evitar que o caso ganhe uma proporção indesejada.

– Então já existem duas pessoas que sabem que te visito. E isso me preocupa.

– Mas não há motivos. Todas as pessoas que vêm aqui são de minha extrema confiança.

Araceli parece não ouvir o que digo.

– Uma viu a gente se beijando. E esta sabe que temos um segredo.

Eu tento diminuir a sensação de insegurança na cabeça dela.

– Na verdade, a Camila me auxilia em algumas investigações. É uma espécie de assessora, secretária, meu braço direito. Quando tem algo ligado às redes sociais, por exemplo, é ela quem pesquisa. Domina muito bem a ferramenta. E tem conhecimento sobre todas as minhas investigações, não tenho segredos com ela.

Araceli fala com ironia.

– Bonitinha...

Nesse momento ouvimos o barulho da descarga, seguido da torneira da pia sendo aberta.

Camilinha sai do banheiro. O sol se aproxima do horizonte, além da janela. E eu, não sei o porquê, mas fico preocupado com isso sempre que Araceli vem aqui. Com pôr do sol ou sem pôr do sol, a roda anda. Mas há uma íntima relação entre esse episódio da natureza e Araceli que não posso negar.

Vejo, então, Camilinha se aproximando de nós, como se estivesse diante de velhos amigos. Araceli a acompanha como se também a conhecesse. Ainda está com os cabelos presos. Camilinha vem com a intenção de lhe apertar a mão.

Eu me antecipo e as apresento.

– Solange, Camila. Camila, Solange.

Trocam beijinhos.

Tenho anos de estrada, e nessas coisas de sacanagem ninguém me engana. Antes mesmo de rolar qualquer evidência, já me dispara o alarme. Quando elas pensam em ir com o milho, já estou voltando com o fubá.

Dizem muito prazer, ao mesmo tempo. Sorriem uma para a outra como se quisessem dizer algo mais, mas sem ainda saber como dizer. Uma fica à espera da outra. Engolem as palavras e voltam a sorrir. É nesse momento que Araceli leva a mão à cabeça e desamarra o coque. Apesar do pouco tempo de convívio, eu sou capaz de conhecê-la, seus gestos e trejeitos, mais até que o bandido do Ediraltino. Desamarrar o coque e soltar os cabelos é a senha de Araceli para anunciar sua intenção de meter o pé na jaca ali mesmo, sem rodeios. Aposto todas as minhas fichas nisso. Jogo dez contra um e pago dobrado.

Araceli movimenta a cabeça para um lado e outro, fazendo um balanço. Depois nos mira de relance, com o canto dos olhos, para observar a nossa reação. Eu aprovo, mas não é de mim que ela espera um gesto de aprovação.

Seus cabelos despencaram sobre os ombros. Lembram um comercial de xampu, num movimento que desafia a relação do tempo com a lei da gravidade. Camilinha, que nunca foi boba, sente o cheiro do fogo. Olha-me com surpresa. Não que aquela também não seja a sua praia. Mas, fora da pista e das liturgias da profissão, ela tem o costume de obedecer a um certo ritual antes de se jogar no abismo do matadouro.

Araceli passa a língua nos lábios, outro gesto que conheço. Camilinha vai à geladeira e pega três cervejas. Araceli enche os pulmões de ar. Já nem disfarça. Pega uma cerveja e sugere um brinde. Olho pela janela e tenho que dar o braço a torcer. O sol se pondo traz para dentro do apartamento uma luz apropriada e justa. Proporciona aos nossos espíritos a luminosidade necessária para tocar a cena com a dignidade que merece. Araceli toma um gole. Quando Camilinha a confronta para chegar ao sofá, ela a enlaça pela cintura. Não é preciso mais para eu me sentir sobrando no cenário. Camilinha, que não é de perder encantos quando o assunto é sacanagem, retribui. E se enlaça também ao corpo de Araceli. Tomo um gole da minha cerveja e caminho na direção da porta.

– Vou deixar vocês mais à vontade – eu digo, mas às paredes. Elas já estão longe de me ouvir ou sentir o que se passa no ambiente, tanto da janela para fora quanto da janela para dentro.

Aproveito para dar uma caminhada na orla. Algo que raramente faço. A temperatura está agradável. Sigo na direção do Beira-Rio. A luz enviesada dos últimos resquícios do sol se pondo reveste árvores, objetos e carros de uma aura bonita e uniforme. E o ambiente não me desagrada, como me desagrada quando o vejo da janela e ouço seu barulho. Além do Parque Harmonia, me viro com a intenção de voltar ao ponto de partida.

Na minha frente, a chaminé do Gasômetro também é uma imagem a ser ressaltada quando recebe o sol filtrado do poente. Sento-me de frente para o edifício, à espera de algum sinal do que lá dentro se passa. Depois de algum tempo, vejo Camilinha aparecer na janela. O sol já se pôs, a claridade diminuiu bastante. Mas percebo que ela ainda está nua. Ergue os braços e se espreguiça como se acabasse de acordar. Debruça-se no parapeito e olha na minha direção, mas sem me ver. Fica assim por um tempo. O suficiente para eu perceber que já posso voltar.

Atravesso a rua e vejo que o carro de Araceli não está estacionado ali. Entro e Camilinha vem me receber. Não é preciso que me diga nada. Ela parece feliz e satisfeita. Sorri com seu jeito de cretina, como gosta de ser quando a situação exige que assim pareça. Vou à geladeira e pego uma cerveja. Ela pede uma também. Está nua e senta-se no sofá sem se preocupar em esconder o sexo. Entrego uma garrafa a ela. Tomo um farto gole. A caminhada me deu sede. Ela também bebe. E se vira para mim.

– Não vai querer os detalhes?

Eu não demonstro entusiasmo.

Ela se aproxima e me beija o rosto, perto da orelha. Sinto o cheiro do sexo de Araceli nos seus cabelos.

Ela diz:

– Você é estranho, Boccanera. Os homens adoram ver essas coisas. E até pagam para isso.

– Também gosto de ver... – eu digo, tomando outro gole. – Mas... em alguns casos, gosto mais é de imaginar.

Ela acha engraçado e me dá razão.

– A imaginação nessas coisas também tem o seu valor.

A noite agora tinha caído completamente. O barulho de carros na avenida, no entanto, aumentava com o final de expediente e as pessoas voltando para casa.

Camilinha me abraça e sinto o calor gostoso do seu corpo. Encosta a cabeça no meu ombro.

E diz:

– Uma coisa não dá pra esquecer, Boquinha. E vou repetir quantas vezes for necessário. Essa bispa de santa não tem nada. É muito mais bandida do que parece. Vai por mim, bonitão.

15

Usava um vestido preto, justo, na altura dos joelhos, salto alto. Se colocasse um chapéu na cabeça, poderia ir a um coquetel no Jóquei Clube, em tarde de Grande Prêmio, sem ninguém duvidar de que se tratava da bisneta pós-adolescente de um sócio fundador.

A terça-feira já entra com outra vibe. O ânimo é menos desalentador que o da segunda. É o dia em que parece haver uma luz no fim do túnel do purgatório das nossas vidas. Superamos a falta de entusiasmo da segunda, e o ritmo das coisas começa a ser retomado sem perspectiva de muita dor.

Choveu à noite e o sol não apareceu. O som dos carros fica diferente quando as nuvens estão baixas. Formam uma concha acústica que altera a nossa percepção auditiva. Não é ruim nem bom, mas a cada instante causa um sobressalto. Parece nos alertar de que algo fora do normal ou desagradável vai acontecer a qualquer momento. Pode não ser nada, mas inquieta.

Cumpro meu primeiro ritual da manhã, que é descer até o mercadinho do portuga Evilázio, comprar cacetinhos e subir para passar café. Sem isso, não sou capaz de sobreviver, mesmo como habitante VIP no camarote do melhor de todos os mundos.

Camilinha foi dormir em casa. Precisava receber o irmão quando ele voltasse das putas. Fiz um contato com o pastor Ediraltino Canassanta pelo número de telefone que ele me passara, mas ainda não dera resposta. Por curiosidade, às seis da manhã liguei a televisão, e lá estava ele, ao vivo. Fazia uma espécie de balanço de sua ida a Brasília e do culto de livramento que ajudara a ministrar, com o bispo Waldério Miracalva, em defesa do presidente e de seus ministros.

Pelo visto, ainda ia faturar muito em cima desse grande feito.

Horas atrás, perto da meia-noite, depois de Camilinha ter ido embora, peguei o carro, dei umas voltas na quadra por questão de segurança e fui até a Tijuana Dancing. Mesmo correndo riscos, achei importante ver o show de Juliana Júpiter. Ediraltino certamente me pediria provas. Já tendo visto um show dela, meu relatório teria mais consistência e força de convencimento.

A Tijuana é uma boate top, de alto nível, cuja opção de clientela é feita pelos preços praticados lá dentro. Saí de casa ciente de que precisava ter cuidado para não alarmar a turma do Gordo Epifânio. Minha cara já havia sido registrada na área. E até levado duas boas porradas, que não me deixam esquecer o quão pesado é o braço de Meuquerido.

A briga por domínio de território estava num alto nível de tensão. A prova eram as quatro mortes ocorridas no conflito entre as facções do Gordo Epifânio e de Nenéu da Santa Cruz. O Nenéu, me explicara Simone Guerino, era um ex-braço direito de Galo Fino e o último bastião a ser derrubado até o Gordo assumir totalmente o controle da área.

Me dirigi à Tijuana Dancing na ponta dos dedos, com todo o cuidado, principalmente com o retrovisor. Estacionei o carro numa vaga indicada por um guardador da própria boate, que abriu a porta e nem esperou eu descer para pedir a gorjeta. Dei vinte reais e ele não pareceu satisfeito. Olhou para a nota, me olhou de volta, demorou para guardá-la no bolso. Segui em frente, já prevendo o quanto me custaria ao bolso aquela brincadeira.

O ambiente da Tijuana Dancing era de glamour e brilho, começando pela iluminação e neons da fachada. Havia um toldo cintilante na entrada, entre a porta e a calçada. Era onde os seguranças de ternos pretos recebiam os clientes e os conduziam para dentro.

Logo que entrei, um maître veio me recepcionar, me chamando de doutor e perguntando se eu queria uma mesa. Respondi que sim. A facada ia ser grande, mas os dólares de Araceli me permitiam responder a esse tipo de pergunta, nesse tipo de lugar, com o queixo erguido e o peito estufado, sem morrer de medo na hora de ver a conta.

Assim que me sentei, veio o garçom, também me chamando de doutor. Pedi uísque e olhei o entorno. Várias garotas começavam a circular na volta, farejando o rastro dos que chegavam.

O garçom trouxe uma garrafa lacrada, uma trena colada na lateral, o copo e um balde. Terminou de me servir quando uma garota já se aproximava, sorrindo. Pediu licença para sentar e eu fiz que sim com a cabeça. Usava um vestido preto, justo, na altura dos joelhos, salto alto. Se colocasse um chapéu na cabeça, poderia ir a um coquetel no Jóquei Clube, em tarde de Grande Prêmio, sem ninguém duvidar de que se tratava da bisneta pós-adolescente de um sócio fundador.

Apresentou-se como Melina. Eu a elogiei e ela voltou a sorrir, agora com mais abertura. Estava acostumada àquilo, aos elogios, fossem protocolares ou verdadeiros. E sabia como respondê-los. Perguntei se Melina era nome de batismo. Ela ajeitou os cabelos atrás das orelhas. Os brincos de argola balançaram ao toque de suas unhas compridas e um reflexo de luz brilhou ali, numa fração de segundo.

Ela também devia estar acostumada àquela pergunta sobre seu nome, mas parecia em dúvida sobre o que responder. E isso já fazia parte do teatro que elas fazem para nos pegar.

– O que você acha? – ela perguntou.

Dei um tempo para ela pensar que eu fazia algum ritual de adivinhação.

– Não – eu disse, como se tivesse enfrentado um turbilhão em alto-mar até chegar a Ítaca. – Não é.

Ela ficou séria. Pegou meu copo e tomou um gole. E me encarou.

– Acertou. Melina não é mesmo meu nome de batismo.

E ficou esperando que eu dissesse algo. Como fiquei quieto, ela falou.

– Agora é minha vez de perguntar. Pode ser?

Respondi que sim.

– Se eu perguntar seu nome, você vai me dizer o verdadeiro?

Confesso que a pergunta meio que me derrubou. Excesso de confiança. Achei que qualquer pergunta vinda de uma garota de programa eu tiraria de letra. Não sei que cara eu fiz, mas ela começou a rir.

– Não esquenta, cara! Não precisa responder. Foi só uma brincadeira.

Ela acabava de ganhar o primeiro round, um quase nocaute. Eu não conseguia ponderar sobre o que responder.

Eu poderia dizer qualquer nome, mas a minha condição ali exigia que avaliasse tudo com extremo cuidado. Um mínimo movimento sem pensar poderia acabar num passo em falso. Foi o caráter banal da pergunta que me derrubou. Tivesse Melina me perguntado sobre o existencialismo de Sartre, o positivismo de Júlio de Castilhos ou sobre a relação entre Ed Motta e a Conexão Japeri eu teria enganado bem.

Então, ela disse:

– Vou chamar você de Gatinho Rom-rom.

Pegou o copo e tomou outro gole.

– Gatinho Rom-rom – repetiu, passando a unha do indicador na ponta do meu nariz. Senti um pequeno arranhar na pele, e gostei do jeito que ela fez aquilo. E o segundo round também era dela. – Posso pedir um copo pra mim?

– Pode.

Ela virou o rosto para o lado e o garçom seguiu apressado até a copa. Tive a impressão de que só esperava o sinal dela para completar o serviço. Para eles, eu devia ser o tipo tiro certo: era chutar e correr para o abraço. Voltou em seguida e a serviu de uma dose poderosa.

Foi nesse momento que vi um homem numa cadeira de rodas sendo empurrada através de uma porta que ficava nos fundos da boate. A porta era de correr, talvez acionada por controle remoto, e me pareceu camuflada. Olhando-a sem ser aberta, parecia fundida à parede. Observei-a, depois de fechada, enquanto o homem da cadeira era empurrado rapidamente até um camarote em frente ao palco, ao fundo da pista. O homem desapareceu e não o vi mais. O lugar fora preparado para ocultar quem lá dentro estivesse. Indiscutivelmente, era um ponto privilegiado, com plena vista para o palco e oculto para quem estivesse em outras mesas.

Sobre a porta por onde saíra o cadeirante eram jogados vários feixes de luz, de cores diversas, com predominância para o vermelho e o laranja. Ninguém diria que ali havia uma porta. Isso me intrigou.

Nesse momento, fui despertado por Melina.

– Gatinho Rom-rom – ela segurava seu copo na altura da boca, que tinha um desenho sensual e bem-feito.

Seu rosto recebeu um facho de luz e pude ver os detalhes de suas feições. Melina parecia uma boneca, a boca, o contorno dos lábios, os olhos e o nariz pintados à mão.

– Vamos fazer um brinde? – ela disse.

Eu peguei meu copo.

– Claro, claro!

– Tim-tim!

– Tim-tim!

A música ambiente foi interrompida. No serviço de som, alguém anunciou o momento mais esperado de todas as noites. Aí o apresentador fez uma entonação diferente. Falou ao estilo das preliminares de lutas de boxe, quando são anunciados os nomes dos lutadores.

– Para a alegria de todos, com vocês... agora... pisando no palco iluminado do Night Club Tijuana Dancing... a i-ni--gua-lá-vel... a i-lu-mi-na-da... a mais-mais-mais-de-todas... Ju-Ju-Ju. Ju-li-a-na... Ju-Ju-Ju Ju-pi-teeeeeer!

Um facho de luz caiu sobre o palco. Fez um movimento circular e se projetou sobre Juliana, que acabava de sair de trás de uma grande cortina vermelha. Ao pé do palco, alguns homens se agitaram, entraram no camarote do cadeirante e desapareceram. Os presentes, nas mesas ou em pé, aplaudiram com entusiasmo. Então, ela veio até a ponta do palco, sorrindo, acenou para dentro do camarote. E jogou naquela direção, para quem lá estava, uma rosa vermelha que trazia na mão. Nesse instante, quando ela acenou uma segunda vez na direção de alguém que lá se ocultava, começou a música e ela iniciou seu show.

A visão de Juliana Júpiter era algo espetacular quando nela se projetavam sucessivos fachos de luz. Sucedia-se um fantástico jogo de cores, alternadas ou simultâneas, que, não há dúvidas, tinha por trás a mão de um competente profissional. Nada no show parecia amador, improvisado ou de gosto duvidoso. Ela vestia um longo vermelho e brilhante, com destaque para uma superfenda lateral até o quadril, sugerindo que poderia estar sem calcinha. Juliana dominava o palco, tinha graça e parecia ser admirada pelos habitués da casa. Eles a aplaudiam e gritavam de alegria. E só pararam quando ela começou a cantar.

"I Want to Know What Love Is" foi a primeira música. Depois atacou de "My All".

Era noite de dublar Mariah Carey.

Melina sentiu meu interesse pelo espetáculo. E outra vez me arranhou o nariz com a unha do indicador.

– Não adianta ficar imaginando coisas, Gatinho Rom-rom. Essa aí tem compromissos... Sem chance.

Eu disse que não fazia meu tipo. Mas o show realmente era espetacular. E me fixei na advertência dela. "Essa aí tem compromissos", seja lá o que isso poderia significar em termos de perigo ou não. Me lembrei do cadeirante escondido no camarote. E comecei a acreditar na possibilidade de ser o Gordo Epifânio.

Melina entornou o copo e mirou meus olhos. Um olhar fixo, como se quisesse arrancar de dentro deles alguma verdade que eu pretendesse manter escondida. E bebeu dois curtos goles me olhando daquele jeito. Me lembrei então de uma amiga que me ensinou como se faz um brinde à francesa. Era assim, os dois bebendo o primeiro gole ao mesmo tempo, um olhando fixamente nos olhos do outro. Melina até se parecia com essa amiga. Tinha os mesmos ares e trejeitos, os belos e os picantes. E até levei essa sensação adiante, imaginando que Melina era a minha querida amiga de outrora.

Mas, tenho certeza, Melina não me olhava daquele jeito para brindar à francesa ou me investigar. A verdade é que ali, na Tijuana Dancing, eu chegara de espírito armado para o confronto e assim me mantinha, desconfiado de tudo. Quem sabe as minhas desconfianças sobre o motivo para ela me mirar assim, de maneira tão incisiva, fossem mesmo coisa da minha cabeça. Pode ser. Eu ando muito com o pé atrás em relação a tudo nesses dias de caça a Juliana Júpiter. Se comer beterraba, certamente ficarei assustado com a cor da urina no dia seguinte. E vou achar que o Meuquerido estourou mesmo o meu rim esquerdo. Ando na rua com a sensação de que há sempre um perigo atrás de cada esquina.

Melina me olhou por mais um par de segundos e disse, segurando o copo na altura do rosto:

– Juliana Júpiter, faz um show aqui todas as noites.

– É a primeira vez que venho – eu disse.

– Não faz mais pista. Agora tem um amigo.

Fui perguntar quem era o amigo, mas o meu lado prudente me alertou a tempo. Eu não devia fazer essa bobagem. Já sabia quem era o tal amigo. Perguntar algo que já sei podia ser um tiro no pé. Seria só para espichar um assunto e abrir a porta para Satanás entrar. Ali, naquele ambiente, saber demais, ou fazer certas perguntas, era brincar com o perigo, era como se equilibrar no fio da navalha, sem rede de proteção embaixo. Só perguntei, mesmo assim me arrependi depois, se ela tinha visto um homem de cadeira de rodas sendo empurrado para dentro do camarote, antes de o show começar.

– Não vi – ela disse, com segurança.

Seria quase impossível não ter visto, pois ela olhava na mesma direção que eu. Negar o óbvio, mesmo sem se dar conta, era uma forma de admiti-lo. E não admitir era um sinal de que o caso tinha caráter confidencial. Mais um motivo para eu achar que o Gordo Epifânio, sabe-se lá como, saía do Central à noite para ver a namorada cantar.

Em seguida, Melina puxou a cadeira para o meu lado. Precisava ficar de frente para o palco. Não queria ter um torcicolo. E passou a me fazer carinho. Comecei a ficar tenso, paranoico, preocupado com a possibilidade de estar sendo observado por alguém. Pensei em perguntar quanto era o programa, estava satisfeito com as informações colhidas até ali, não convinha me expor muito em terreno cheio de minas por todos os lados. Eu pagaria e iria embora, mas outra vez fui alertado pelo meu lado sensato. Pagar sem fazer programa e ir embora seria um atestado de que ali tinha outros interesses.

E demonstrar outros interesses, naquele clima de guerra, só poderia acabar mal.

Passei a retribuir os carinhos de Melina. O que não era nenhum sacrifício, pelo contrário. Ainda não havia terminado o show quando ela me convidou para subir. Eu aceitei de pronto. Ela chamou o garçom. Disse que íamos levar o uísque para o quarto. E pediu mais gelo, água com gás e energéticos.

Torci para que tivéssemos que passar na frente do camarote. Mas não tive essa sorte. Saímos por trás e subimos uma escada. Ao passarmos pelo bar, fiquei com a má impressão de que um dos homens ali bebendo era um dos que estiveram com Meuquerido, naquela noite triste em que levei três golpes de mestre e fui beijar o tapete estilo persa do El Trocadero Club.

Não pensem que ir para um quarto da Tijuana Dancing com Melina tenha sido ruim. Longe disso. Melina era profissional, carinhosa e bem receptiva a todas as iniciativas, mesmo as mais ousadas. Me levou uma grana preta. Mas, no final das contas, posso dizer que valeu a pena. Em especial por sua semelhança com a minha amiga de outrora, aquela que me ensinou a brindar à moda francesa. Enquanto estive com Melina, pensei nela o tempo todo, e posso garantir que isso me deixou feliz. Tristemente feliz, mas feliz, se é que me entendem.

Na frente da Tijuana, o guardador veio me receber e me arrancou cinquenta reais. Que paguei sem chorar. Não dá para negar que a noite tenha sido ótima.

Havia chovido, e o asfalto molhado recebendo as luzes das casas noturnas da avenida, juntamente com uma névoa subindo do asfalto contra as cores da noite, fez eu me sentir dentro de um filme *noir* dos anos 1950. Pensei em chamar Camilinha, mas ela estava com o irmão gaudério. Na falta de uma boa companhia, fui para casa. Voltei intrigado. O que me tirava o sono era o cadeirante do show de Juliana Júpiter.

Aquele homem era o Gordo Epifânio. Só que não era gordo. Era magro, pude ver com clareza. Apesar da rapidez da cena, tinha convicção. Não era gordo. Outrora, porém, podia ter sido. O Padura tem um personagem com o apelido de Magro que é muito gordo, pesa quase duzentos quilos. Naturalmente ganhou o apelido antes de engordar, na juventude. O contrário também poderia ser verdade. Mas o intrigante não era isso. Era o Gordo estar ali, ao pé do palco da Tijuana Dancing, quando devia estar trancafiado no Presídio Central. Não era possível. Mas era. Pensando bem, no Brasil, qualquer coisa é possível. Com um bom suborno, não há porta que não se abra. Ou que não se feche para sempre. Ainda mais nessa área policial, judiciária e de segurança pública. Eu havia lido uma reportagem sobre o Central havia uns meses. Lá era uma facção que mandava. E o chefe dela podia tudo. Administrava uma cantina, fazia agiotagem, controlava um reservado para visitas íntimas, decidia quem podia ou não entrar e, entre outras coisas, decidia para que galeria iam os recém-chegados, a fim de cooptá-los para o serviço sujo e poder chantagear sua família, fora do presídio, caso eles se negassem a aderir. O Gordo sair um dia da semana para ver sua amada na Tijuana seria a parte mais fácil de administrar nessa cadeia triste de subornos e degradação moral.

Sendo assim, eu precisava ter cuidado sobre o que fazer com aquela informação. Talvez levá-la comigo para o túmulo, quando morrer bem velhinho, todo estropiado e sem memória. Era o mais seguro, sem a menor dúvida. Esquecer o Gordo Epifânio num camarote da Tijuana Dancing, vendo o show da sua amada Juliana Júpiter, era a decisão mais garantida a ser tomada.

Mas o meu dia não terminaria aí. Logo cedo, recebo uma ligação surpresa. É Simone Guerino, minha fiel amiga e parceira. Me revela que conseguiu plantar na editoria de variedades uma pauta da qual eu vou gostar. O jornal pautou uma matéria, para ser capa do suplemento *Belas&Femininas*, do fim de semana, com nada mais, nada menos do que Juliana Júpiter. "A arte de dublar grandes estrelas", seria o título.

Na tarde do dia seguinte, fariam uma sessão de fotos no Praia de Belas Shopping. Estariam presentes a editora do caderno, um fotógrafo e ela, Simone, que tinha interesse no assunto para sua futura matéria sobre o Gordo Epifânio. E pergunta se eu quero conhecer Juliana.

– Mas que pergunta! – eu digo.

Convoco a Camilinha, que oficialmente será minha namorada para facilitar a execução de um plano que arranjei ali na hora. Iríamos nos encontrar "por acaso" com Simone, no momento das fotos, e ficaríamos por perto, com ela, de conversa de velhos amigos que se reencontram depois de muito tempo.

Chegamos e o cenário já estava armado. A editora queria fotos de Juliana descontraída, no seu dia a dia, passeando no shopping, seu passatempo preferido, e fazendo compras em lojas de acessórios, roupas e sapatos.

Somos apresentados à editora, e a conversa logo fica boa, descontraída e interessante. Simone "relembra" do nosso tempo de colegas de faculdade e pergunta por onde eu ando. Antes de eu levar a mentira adiante, Juliana Júpiter desponta saindo de uma escada rolante, calça jeans lavada, dois rasgos nas coxas, muito justa, uma sandália de salto que lhe alonga ainda mais as pernas, camiseta, uma correntinha de ouro com a medalha de uma santa caída por cima e um blazer de linho, bem cortado, no tamanho exato para não ficar sobrando ou faltando tecido, maquiagem discreta, brilho nos lábios e cabelos presos num rabo de cavalo. Não há dúvidas de que é uma mulher. Mas, mais que isso, uma mulher bonita, caminhar elegante, passos seguros e firmes, uma cena normal não fosse pelos dois brutamontes que surgem logo atrás, cuspidos pela escada rolante. Vestem-se de modo esportivo, camisas polo, as mangas esgarçadas pelo volume dos bíceps, calças de sarja e sapatênis. Olham ostensivamente, e em sincronia, para os lados e para trás, algo que lembra um pássaro assustado catando comida na rua, preocupado com os perigos naturais do ambiente.

Quando a vê, a editora lhe faz um sinal com o braço erguido. Juliana sorri ao identificá-la e movimenta levemente a cabeça, um movimento sutil, mas suficiente para que o rabo de cavalo dos cabelos castanhos balance para um lado e outro, como um pêndulo a ajustar em harmonia o alinhamento dos planetas no entorno do sol. Com sinceridade, não lembro agora do que pensei naquele exato momento. Mas em algo eu pensei ou senti. Algo que fez cintilar a luz do meu espectro extracorpóreo, pois recordo que a bandida da Camilinha, que para santa também não serve, me beliscou o braço e sussurrou ao meu ouvido.

– Fecha essa boca, bonitão! Te controla!

Não estava com a boca aberta, mas entendi a metáfora.

Juliana se aproxima e diz "oi", um "oi" geral e abrangente, do qual identifico uma parte que também me toca. Uma coisa é certa, eu penso, enquanto a editora e o fotógrafo começam a conversar sobre como será a sessão de fotos: o Ediraltino Canassanta, por mais esforço que faça, jamais reconhecerá o filho Júlio César incorporado naquele corpo de uma beleza fina, sem exageros, até com certa discrição – e certamente não teria como resistir, em sã consciência, à sensação de puro fracasso na sua convicção de que seria capaz de "curar" o filho. Era uma causa perdida, ele teria que admitir, por bem ou por mal.

Foi uma sessão longa. Juliana se mostrou gentil do início ao fim, atendeu sem cansaço a todas as sugestões do fotógrafo e da editora, e até sugeriu algumas poses e ângulos, sempre com fineza e elegância. Em certo momento, foi preciso interditar parte do corredor para que os curiosos não atrapalhassem o trabalho. Juliana tirou fotos caminhando simplesmente, com sacolas de compras, olhando vitrines, conversando com atendentes de lojas, provando roupas. E os dois brutamontes de pescoços grossos na volta. Parecia lhes sobrar experiência na arte de estarem sempre atentos aos perigos do ambiente, mas precavidamente fora de quadro, sem atrapalharem o trabalho das fotos. Um deles me olhava muito, mas isso pode ser paranoia minha. A Camilinha também se encantou com Juliana, chegou a me dizer que é difícil encontrar, solta por aí, uma mulher que seja tão mulher quanto o Júlio César.

– Azar do pastor.

Concordo com a cabeça.

– E azar o teu, também – ela diz, irônica. – Essa aí não é pro teu bico, bonitão.

E não era mesmo. Não vou dizer que não tentei. Algumas vezes, encantado com o trabalho dela ao posar para as fotos, tentei encontrar o seu olhar, de forma aleatória e espontânea, só para ver o que acontecia, mas em vão: em todos os momentos, foi o gosto do fracasso o que sobrou para me esfolar a língua.

– Essa aí, Boquinha, só depois que o Gordo Epifânio for enrolado no saco preto.

A Camilinha é foda. Mas, para falar a verdade, eu nem fazia mesmo questão. O Gordo Epifânio pode ficar tranquilo. Eu não iria me meter nessa bronca de dar ainda mais trabalho ao pobre do Meuquerido, ou Queridão, que devia andar com a agenda cheia naqueles dias de tensões e disputas por território na valorosa capital dos gaúchos. Aquela voz do Bonner comendo barra de cereais eu queria banir para sempre da minha vida. Foi assim que massageei a dor da minha autoestima ferida, depois que voltei para casa e a imagem de Juliana Júpiter ficou por um longo tempo chafurdando a distopia da minha irrelevante memória.

16

Está quase irreconhecível. Os cabelos desgrenhados, um roxo no olho esquerdo, os lábios inchados e sangrando, o rosto esfolado, começando também a inchar.

Aproxima-se do meio-dia e minha dúvida é sobre algo bem prosaico. Não sei onde almoçar. Tenho alguma coisa em casa, mas não estou disposto a enfrentar o fogão. Mesmo que goste de preparar minha própria comida, hoje não é o dia. Quando a fome apertar, talvez coma uma à la minuta aqui por perto, na Rua da Praia. Quando não estou com saco para cozinhar, vou sempre ali, perto da Casa de Cultura. E aproveito para fazer uma caminhada.

A verdade é que me sinto meio perdido. Isso é normal depois que dou um trabalho por encerrado e não aparece outro em seguida para me ocupar o tempo.

Ediraltino Canassanta finalmente fez contato. Exigiu que o relatório sobre Júlio César fosse entregue no seu escritório, na igreja da Avenida Mauá. Ele estaria lá, às 15h, à minha espera. Sua mensagem veio logo depois de terminar o programa na televisão. Eu ainda queria imprimir algumas fotos que tirei de Juliana, na sessão do shopping, para anexar ao relatório.

Abro o computador para reler o texto a ser entregue e sou surpreendido. Ouço um barulho no corredor. Depois, batidas fortes na porta, como se alguém fugisse de um perigo. Corro para abrir e vejo Camilinha. Por pouco não caio para dentro quando abro a porta. Está quase irreconhecível. Os cabelos desgrenhados, um roxo no olho esquerdo, os lábios inchados e sangrando, o rosto esfolado, começando também a inchar. Ela chora, não consegue falar. Penso logo no pior. Em Meuquerido, no Gordo Epifânio, na sua facção sedenta por aterrorizar, ocupar novos territórios, matar e esquartejar inimigos. E me bate de imediato um sentimento de culpa. Eu a envolvi num assunto meu, barra-pesada, e acabou sobrando para ela.

Puxo-a para perto de mim. Mas antes olho o corredor. É urgente ver se alguém a persegue. Muita coisa passa pela minha cabeça. Corre um filme inteiro naquele átimo de segundo, entre vê-la e trazê-la para dentro. Quem sabe o irmão gaudério? Ele a flagrou fazendo um programa, descobriu sua atividade em Porto Alegre e baixou o relho rabo de tatu. Camilinha apenas soluça, não consegue falar. Acomodo-a no sofá e vou buscar um copo d'água. Ela toma a metade e me olha. Seus olhos estão vermelhos e embaçados.

– Um filho da puta – ela consegue dizer, entre soluços.

Toma a outra metade da água.

– Brochou e ficou puto comigo. Disse que eu era a culpada.

Ela quer mais água. Vou buscar. Ela toma mais meio copo.

– No motel, surtou. Disse que nunca tinha acontecido com ele. E que a culpa era minha.

– Culpa tua?

– Parecia chapado.

– Mas culpa tua?

– Sim, surtou mesmo. Disse que me pagava pra eu fazer bem o serviço. E que eu não tinha feito. Que eu estava fazendo corpo mole. Por isso acabou brochando. Que eu era a culpada.

– E quem é esse cara?

Mesmo em situações trágicas, Camilinha tem o dom supremo de não perder o bom humor.

– Tá bom, Boccanera. Antes de a gente trepar, ou antes de a gente tentar trepar, ele me passou nome completo, filiação, RG, CPF, número da conta corrente e conta de luz para comprovar o endereço. Comercial e residencial.

Fico quieto. Camilinha tem razão.

Ela se levanta e vai até o banheiro. Vou atrás. Olha-se no espelho.

– Temos que fazer um B.O. – eu digo.

Ela lava o rosto. Enxuga-se e me encara.

– Você tá brincando, né?

– Não.

– Vou dizer o quê? Não conheço o cara, não sei quem é o cara, não sei seu nome, nem nada.

– Ele estava de carro?

– Sim.

– O motel deve ter câmeras de segurança.

Camilinha me corta, outra vez irônica.

– Ah, sim. O motel vai passar a gravação de suas câmeras porque uma puta fez um B.O. e disse que apanhou de um cara lá dentro, um cara que ela nunca viu antes e não sabe quem é. Conta outra, bonitão. A polícia nem vai perder tempo com isso.

– Não custa tentar. Conheço pessoas na polícia.

Ela não aceita meu argumento.

– Deixa assim. Bola pra frente. A vida segue.

– Mas você tem o telefone dele no seu, quando ele marcou o programa?

– Tenho, mas deixa assim – ela volta para o sofá. – Agora só quero descansar um pouco. Tenho que achar uma desculpa para o José Carlos.

– Ainda acho que você devia dar parte contra esse canalha.

– Deixa assim – ela vai até a geladeira. – Vou botar um pouco de gelo na cara. É o melhor a fazer agora.

– Então vou preparar algo para a gente comer.

Ela se anima.

– Essa, sim, é uma boa ideia.

E a vitalidade começa a aparecer outra vez no seu jeito de falar.

Mas não desisto de, pelo menos, dar o troco a esse bandido. Peço o telefone dele. Camilinha não se convence. Eu digo que vai ser só um susto. Ela resiste, depois me passa o número.

E diz:

– Veja lá o que você vai fazer, Boquinha.

– Não se preocupe. Esses caras pensam que estão sozinhos no mundo. Deve ser um desses que gostam de fazer arminha com a mão e mirar na cabecinha... Deixa ele pra mim.

Digito o número na minha agenda. Guardo o telefone e vou à cozinha preparar algo para comermos.

– Notícias da nossa bispa? – Camilinha pergunta.

Digo que não. E conto que Ediraltino fez contato e vou lá, na igreja, à tarde, entregar a ele o relatório. Conto também da minha ida à Tijuana Dancing, do cadeirante, do meu programa com Melina e da facada que levei ao receber a conta.

Ela solta uma gargalhada. É a Camilinha resiliente que volta a ser o que era. E minha alma fica menos dolorida por causa da agressão. E cada vez me dá mais vontade de dar um bom susto no filho da puta que fez isso com ela.

– Pelo menos essa tal Melina te tratou bem – ela diz. – Gatinho Rom-rom... Que poder o teu, bonitão.

E concorda comigo sobre o cadeirante. Acha que ele pode ser mesmo o Gordo Epifânio. E também acha que não devo passar a ninguém essa informação. Se vazar, esse privilégio do Gordo de sair para ver o show da namorada será cortado. Eles não descansarão enquanto não souberem quem dedurou. E vão matar geral, ela diz. Quem for e quem não for, bastará que desconfiem. Com o Gordo Epifânio não tem mais volta. Até aparecer outro mais bandido e sanguinário, ele continuará dando as cartas na região.

17

E enfiou a mão numa gaveta como se fosse pegar uma arma. Foi a impressão que tive. Que ia pegar uma arma. Devo confessar que a situação não me deixava muito à vontade.

Minha reunião com Ediraltino foi rápida. O suficiente para eu lhe passar as informações, seguidas de alguns comentários. Araceli estava junto. Em alguns momentos, a situação ficou hilariante. Para mim, claro. Ao nos despedirmos, apertamos as mãos na frente de Ediraltino. Fiquei com a sensação de que, se fizesse um teste de atriz para estrelar um filme de Tarantino, Almodóvar ou Zé do Caixão, ela seria aprovada na hora. Com mérito.

Saio da igreja e volto direto para casa. Camilinha ficou tratando os machucados com gelo. É eficiente para a pele não ficar arroxeada. Estava preocupada com o que dizer a José Carlos. Combinamos que ela daria a versão de um assalto na parada de ônibus. Resistiu e apanhou dos assaltantes.

Quando entro no apartamento, ela vem logo me encontrar. Está curiosa sobre a conversa com Ediraltino. A primeira pergunta que faz é se a bispa estava junto. Respondo que sim. A curiosidade aumenta e lhe escorre pelos cantos dos olhos.

– Eu só queria ver a cara da cretina – ela diz.

Procurei chegar pontualmente à igreja. Quando me aproximei do prédio, um dos seguranças me reconheceu. Era o mesmo que, na outra vez, nos abordou e nos levou a Ediraltino. Veio sorridente, me chamando de doutor. Agora era assim. Deram para me chamar de doutor, na Tijuana Dancing e na igreja do Ediraltino Canassanta. Vai entender essa gente.

Percorremos o mesmo caminho. Entramos no escritório dele. A primeira coisa da qual senti falta foram os sacos de dinheiro encostados na parede. O culto do dia era às seis, portanto ainda não era a hora de manusear o vil metal.

Ele me esperava atrás da mesa. Levantou-se tão logo me viu. Araceli estava ao lado, em pé. Ele me apertou a mão e fez sinal para eu me sentar numa cadeira, diante dele. Araceli ficou onde estava. Estendeu a mão e me cumprimentou. Com uma formalidade de causar espanto em santinho de argila em feira de artesanato. Até me fez duvidar de que pudesse ser verdade tudo o que já se passara entre nós, na janela do meu JK, de frente para o pôr do sol do Guaíba. Mas não podia ser diferente, é óbvio. Só se fosse louca. E isso ela não era, tenho certeza.

Ediraltino se apressou em falar primeiro.

– Antes de tudo, quero lhe pedir desculpas. Estive muito ocupado nesses dias. Veja o irmão que fui convocado a ir a Brasília. Estamos empenhados em um honroso trabalho de livramento e proteção ao nosso Mito, o irmão presidente.

Concordei sem ao menos pensar se devia ou não.

– Sim, sim. Está certo. Eu vi.

Ele me fitou longamente.

Preciso dizer que, sobre esse nosso reencontro, minha posição era de aproximação. Concordar com tudo. Mas sem assinar nada, é óbvio. Seria melhor assim. Para início de conversa, pelo menos, a estratégia era dizer algo que o agradasse.

Falar aquilo que ele gostaria de ouvir. Eu iria lhe amaciando o espírito para a hora da verdade. Não imaginava qual seria a sua reação ao receber meu relatório. E a experiência me dizia que sempre é melhor estudar e preparar bem o ambiente antes de detonar a bomba.

Ele pareceu surpreso.

– O irmão, então, viu o culto?

Ao lado dele, junto à mesa, Araceli não piscava. Na minha visão periférica, eu só sentia o leve e repetido arfar de seu peito, embaixo de um colete preto e da alvura de uma camisa branca por baixo, abotoada até o pescoço. E mais uma vez não consigo abafar a voz do bom Wando, que vem me martelar a cabeça: "Deus te proteja pela falta de respeito do meu corpo no teu leito quando a gente faz amor...".

– Sim, meus irmãos – eu disse, antes que o pastor ouvisse o conteúdo profano do meu pensamento, usando o plural para incluí-la na resposta.

Não dá para negar que Araceli é uma mulher de fibra. Sóbria estava e sóbria se manteve. Apenas ergueu as sobrancelhas, em sinal de anuência.

E o Wando: "vem, minha safada, vem, minha bandida, minha descarada...".

Ato contínuo, fui fundo na punhalada. Sem dó e sem remorso.

– Vi todo o culto ao lado da minha santa mãe. Ela é eleitora do irmão presidente. E também está preocupada com o globalismo e o avanço dos comunistas no mundo.

Enfiei o punhal e revirei por dentro, com uma dose cavalar de sadismo que eu mesmo duvidei de que fosse capaz.

Camilinha não se aguenta:

– Mas você é muito filho da puta, Boccanera! Se me contassem, eu não acreditava.

– Calma, irmã Camila Queiroz. Não me faça perder o fio da meada.

Ela ainda ri, sem tirar a bolsa de gelo do olho. E diz:

– Comeu a mulher do cara na hora do culto e ainda mete a própria mãe no meio. Bota canalha nisso, bonitão!

Camilinha é realmente engraçada, mesmo depois de ter levado umas porradas na cara.

Eu continuo a narrativa enquanto ela se diverte.

Não dá para dizer que Ediraltino tenha se emocionado com a história. Esses pastores são o diabo. A gente nunca sabe o que eles estão aprontando por trás daquelas caras lavadas, de cachorro que lambeu a parte gorda e crocante da maminha e foi repreendido pelo tutor.

Mas chegou um momento em que ele me olhou com gravidade, com uma expressão sem disfarces. Já devia estar pressentindo algo pior. Por mais que tente, não sou bom em disfarçar as coisas. A cara dele era de um homem triste, daquele homem ciente da sua condição de corno, mas que ainda tenta guardar forças para enfrentar algo pior do que a traição em si, algo que o detetive tenha deixado para o final e venha a ser o detalhe mais vexatório e humilhante da história.

Ediraltino, então, levantou o rosto. Pelo esforço, imaginei que seu queixo naquele momento pesasse mais que um tanque de guerra. Foi aí, de queixo forçosamente erguido, que chegou ao assunto. E me perguntou sobre o filho Júlio César.

É preciso dizer que Araceli, ao lado da mesa, até ali não fizera qualquer movimento. Era uma estátua viva. Dessas que a gente vê na rua. Que ficam estáticas o tempo todo e só reviram os olhos e inclinam levemente a cabeça em agradecimento quando uma moeda cai na caixa de sapatos a seus pés.

Eu abri o envelope que trazia comigo e entreguei a ele as folhas impressas. Não era o momento de espichar o lero-lero. Fui direto ao assunto. Mas notei que sua expressão, de um segundo para o outro, mudava da noite para o dia. Era a soberba subindo de volta ao nariz e à testa. Voltava a ser o pastor do púlpito, o intermediário entre Deus e seus fiéis, o forte líder espiritual que não se deixa afetar por alguma possível infâmia do dia a dia. Apalpou as folhas como se estivesse recebendo das mãos do prefeito da cidade algum certificado de honra ao mérito. E sorriu.

– Seu filho Júlio César é travesti – eu disse. – Incurável, sem volta.

Fiz uma pequena pausa para estudar a sua reação. Ou era um artista, que sabe fingir muito bem, ou tinha um delay no raciocínio, ou era mesmo um canalha filho da puta. Apenas me olhou, sem qualquer reação aparente, e movimentou as grossas sobrancelhas pretas. Como quem diz "continue".

– Seu nome atual é Juliana Júpiter. Começou na noite fazendo pista na Rua São Carlos, como Júlia Francesinha.

Nesse momento, pensei que haveria alguma reação. Fitei-o com cuidado. Mas nada. Então, botei um grosso pau de lenha na boca da caldeira e virei o timão do barco para o alto-mar.

– Vem a ser, de momento, a namorada do Gordo Epifânio, uma mistura de traficante com miliciano, que opera de uma cela no Presídio Central. Domina o território no entorno da Voluntários e do Centro Histórico. Resumindo, é o bandido dono aqui desta área.

Nesse ponto, Ediraltino me interrompeu.

– O irmão quis dizer o namorado?

– Sim... namorado.

E eu ia contrariar o homem por quê? Na frente de Ediraltino Canassanta, "o" travesti ou "a" travesti para mim pouco importava. O professor Pasquale que vá esclarecer a questão com a sua turma.

Camilinha faz que sim com a cabeça.

– Morreu do próprio veneno, o bandido! – ela diz.

Passa a bolsa de gelo no rosto. Depois a joga no sofá e esfrega as mãos, como se visse um filme e vibrasse com o destino do vilão. E me faz sinal para não parar.

– Exatamente – eu disse a Ediraltino. – Júlio César é o namorado, tem acesso livre e irrestrito ao Central para visitas íntimas ao Gordo Epifânio.

– O irmão sabe o nome completo desse tal Gordo Epifânio? – perguntou ele.

– Sim, irmão. Está no relatório impresso.

Ediraltino mexeu nos papéis, olhou-os um a um.

Eu continuei:

– Júlio César, sob a alcunha de Juliana Júpiter, faz um show todas as noites no Night Club Tijuana Dancing.

– Tijuana? – ele diz, quase um sussurro.

– Sim, lá na Farrapos.

– Que garantia o irmão me dá de que tudo isso é verdade?

Procurei não olhar para Araceli. Mas vi que ela fez um leve movimento para melhor ver o rosto do marido. Na arte da interpretação, neste caso da desfaçatez, Regina Duarte ficaria no chinelo se disputasse com ela um papel na novela das nove.

Tentei ser sutil. E me esforcei para esconder qualquer intenção de ser sádico. Afinal, tinha razão Camilinha, Ediraltino Canassanta estava bebendo do próprio veneno.

Eu disse:

– O show de Juliana Júpiter começa todas as noites à uma da madrugada. Ela faz dublagens de Mariah Carey, Beyoncé, Amy Winehouse, Whitney Houston, Elba Ramalho, Tetê Espíndola, Ludmilla, Maria Gadú, Anitta... Uma em cada noite.

– Até da Anitta? – ele fez um ar de desânimo.

– Sim, até da Anitta.

– Entendi – ele disse.

E enfiou a mão numa gaveta como se fosse pegar uma arma. Foi a impressão que tive. Que ia pegar uma arma. Devo confessar que a situação não me deixava muito à vontade. Ando mesmo meio tenso, vendo perigo até em barulho de pingo d'água, à noite, na pia da cozinha. Eu podia estar imaginando coisas. E estava mesmo, felizmente. Na verdade, ele pegou foi um envelope pardo, com um volume dentro. E me entregou.

– Aqui está a segunda parte de seus honorários. Tomei a liberdade de adicionar um valor que, pelos meus cálculos, cobrirá com folga algum gasto extra que o irmão tenha precisado fazer – fez uma pausa para respirar. – Conte, por favor.

Eu já sabia das precauções do homem. Contei as verdinhas e só Deus sabe o esforço que fiz para parecer indiferente às bondades do destino. Minha vontade era arreganhar os beiços e rir até o dia clarear. Ediraltino Canassanta era um homem generoso, não dá para negar. Assim que dei o ok, ele se levantou. Eu estava diante de um homem prático. E pragmático.

Me levantei também.

Araceli não se mexeu.

O pastor contornou a mesa e me apertou a mão.

Depois, se virou para Araceli.

– Irmã Solange, conduza o irmão Boccanera até a porta, por favor.

Me despedi de Araceli com um aperto de mão. A única coisa de anormal que percebi foi que sua palma estava úmida, quase molhada. Ela me olhou como se nunca tivesse me visto na vida. E disse apenas:

– Obrigada por tudo, irmão Boccanera.

Camilinha está com a mão na boca.

– Juro, Boquinha – ela diz. – Não sei quem é o mais doido lascado nessa história. Você, o pastor ou a bispa. Caraca! Se me contassem, eu não acreditava. Um mais bandido que o outro. Juro pela futura alma da minha mãe.

Vai até a geladeira e pega duas cervejas. Fazemos um brinde. Camilinha parece sentir muita sede. Tomo da minha garrafa e tiro o envelope do bolso. Conto os dólares e dou a metade a ela. Não dá para negar. Ediraltino podia ser um filho da puta, mas não tenho queixa dele. Foi generoso na hora de calcular os meus gastos extras. Econômico do jeito que sou, poderei ficar alguns meses sem trabalhar. Justiça seja feita, fé e dinheiro era o que não faltava naquela casa de Deus pilotada por Ediraltino Canassanta.

Da parte de Araceli, ainda havia uma surpresa. E das boas. Quando cheguei em casa, de volta da igreja, ao verificar minha caixa de correspondência, encontrei um envelope pardo com um volume dentro. Abri-o com pressa, sem imaginar o que podia ser. Eram 4,3 mil dólares, com um bilhete.

"Obrigada pelos bons serviços prestados. Bendições."

Bendições... Não tinha assinatura. E precisava? Também os dividi com a Camilinha, que se negava a acreditar que assim, no mole, sem atropelar a lei, tivéssemos botado a mão em tanto dinheiro.

18

Mas a vida é assim. E a coisa se complica mesmo é quando começamos a priorizar uma dor em relação à outra, que podia ter sido pior.

A quarta e a quinta passaram sem eventos consideráveis. Aproveitei para ir ao cinema, vi umas séries na televisão e comprei roupas. Nunca um trabalho havia me rendido tanto quanto esse que fiz para o pastor Ediraltino. E minha sensação era de que, por um bom tempo, estava com a vida feita.

Camilinha, por sua vez, conseguiu enganar bem o irmão gaudério com a história do assalto. Só teve que recusar alguns programas por causa dos ferimentos no rosto. Os dólares do pastor e da bispa, todavia, não a deixaram se lamentar por muito tempo.

Mas estava preocupada com a mãe, que fora hospitalizada às pressas. José Carlos até suspendera sua ida ao rodeio crioulo de Alvorada para voltar a Uruguaiana. Camilinha ia esperar um contato dele. Pensava em trazer a mãe para se tratar em Porto Alegre. Aqui havia mais recursos, e ela poderia ser melhor atendida.

Coloco os tênis para fazer uma caminhada na orla, mas chega uma mensagem dela. Diz que virá aqui logo mais. Vai no super fazer compras, depois vem para a gente preparar um jantar a quatro mãos. Estamos merecendo, né? Respondo que é uma ótima ideia. Ligo o rádio na Caiçara bem na hora em que está tocando uma do Rei: “eu ouvi dizer que você está pensando em voltar pra mim”.

É quando batem na porta. Com força. Não pode ser Camilinha. Tinha acabado de me mandar mensagem dizendo que ia ao super. Acho estranho que não tenham usado a campainha. Batem de novo. Até eu chegar à porta, batem uma terceira vez. E olhem que meu JK é menor do que a limusine do Trump.

Abro e só tenho tempo de reconhecer o Meuquerido. *God*, essa história parece não ter fim! Dou um passo para trás e recebo um direto no rim. Não sei se por causa do enquadramento ou por generosidade dele, o soco é no rim direito, o lado oposto ao do soco anterior. Nos dois golpes seguintes, que já considerei de praxe, houve uma alteração de caráter técnico: o cruzado no rosto se repetiu, mas o seguinte foi um *upper* no queixo em vez do direto no olho, como o do El Trocadero. E foi justamente o que acabou por me levar ao chão imediatamente. Mas não veio tão forte como poderia ter sido. Não soube dizer de início se fora negligência ou generosidade do Meuquerido, que também atende pela sugestiva alcunha de Queridão. Avaliei que um *upper* no queixo procedendo daquele monte de músculos seria coisa para ambulância, paramédicos e uma semana de CTI, na melhor das hipóteses. Mas, claro, não demorei a sacar a dele. Seu objetivo não era me ver em coma, numa cama de hospital. Precisava de mim acordado e lúcido.

O certo é que Meuquerido tinha técnica e conhecimento. Sabia como batia e por que batia.

– Agora com o Gordo é assim. Primeiro a gente bate, depois explana os motivos – ele diz, enquanto tento me erguer, sentindo na boca o gosto amargo de beijar a lona da minha própria casa.

Não digo nada. Para falar a verdade, nem tinha o que dizer em circunstância tão degradante. A não ser encontrar uma forma de amenizar a dor se espalhando entre os ossos da caveira desmantelada.

O Meuquerido continua:

– Às vezes, o Gordo pode parecer meio violento. Mas, no fundo, é um sujeito muito humano.

"Ah, tá!", penso, me cuidando para não abrir a boca e deixar escapar algum som que desagrade o Meuquerido.

Enquanto fala, ele me estende a mão, com gentileza. Como se fosse o dono da casa, me convida para sentar. Sento-me no sofá, com dificuldade por causa dos ferimentos. O rim direito me lateja. Ele puxa uma cadeira. Mas, antes de sentar, vai até a geladeira e pega duas cervejas. Pelo visto, até os bandidos e estranhos ao ambiente conhecem a rotina da casa. Abre-as e me entrega uma. Tomo um gole, e me cai muito bem. Ele bebe da dele.

– Como eu dizia – continua o Meuquerido –, o Gordo não é um sujeito mau. É um homem forjado pelas circunstâncias. Esse é o seu jeito de sobreviver. Não é que ele queira. Às vezes é o ambiente que o obriga à violência. Se tivesse nascido no Tibete, por exemplo, hoje poderia ser o braço direito do Dalai Lama. Ou o próprio.

Mas é muita cara de pau do Meuquerido. Depois de me arrebentar a cara e os rins, vem com esse papo de sociologia profunda. Porém, não deixo passar batido um viés interessante. Essa história de o Gordo ser forjado pelas circunstâncias me diz que Meuquerido não serve para ser ministro do Mito. O Meuquerido tem formação. É um bandido, não tenho dúvidas. Nunca li nada escrito por ele. Nem teria como. Mas, de repente, pelo jeito claro de se expressar, tem mais estilo, se não conhecimento, que o nosso homem da Educação em Brasília, aquele que acha que acepipe é uma entidade do mal encarnada em militante socialista.

Mas deixa pra lá. Minha preocupação imediata é ver como poderei colaborar com ele e como aquela tortura pode acabar de uma vez. Me lembro da Camilinha. Ela pode chegar a qualquer momento e entrar no baile sem querer.

O Meuquerido senta-se na minha frente. Antes disso, porém, faz um movimento discreto com o braço e abre a jaqueta. E vejo uma pistola niquelada atravessada na cintura, o cano dentro da calça, ao estilo do senador Bolsonaro, no hospital, ao lado da cama do pai convalescente.

Meuquerido, então, entra no assunto propriamente dito.

– O Gordo hoje acordou atacado das hemorroidas. E quando falo em atacado das hemorroidas não estou usando uma metáfora...

Metáfora. Não tenho mais dúvidas de que o Meuquerido tem formação, ou berço.

– O Gordo padece desse problema triste e constrangedor. Que... fato compreensível, afeta seu humor matinal.

Apenas ouço, curioso sobre onde ele pensa em chegar com esse papo escatológico que versa sobre o ânus do bandido mais sanguinolento da cidade. Sei que não dá para ouvir o pensamento de uma pessoa. Às vezes a gente acha que ouve, e até acerta. Mas agora não era o caso. Eu não ouvia e nem achava que ouvia. Eu boiava igual as brancas espumas do Dilúvio em meio ao trânsito complicado da Avenida Ipiranga, direção centro-bairro.

Meuquerido continua:

– O Gordo andou ouvindo umas conversas estranhas... sobre seu cliente, o pastor Ediraltino Canassanta. Aí, me ocorreu a ideia de procurar o amigo.

Pensei cá comigo: "E precisava me arrebentar o rim desse jeito?".

– Entendo – eu disse.

– Entende o quê? – Meuquerido me olha de viés.

– Que o amigo tenha se lembrado de mim.

Ele lambe os beiços lentamente. E mantém o olhar no meu rosto. Ao mesmo tempo, vira a garrafa e deixa escorrer a cerveja na boca.

Volto a sentir um calafrio. Não é só a sua voz grave que me causa desconforto. Alguma coisa me diz que o Meuquerido, ou Queridão, é um psicopata clássico. E isso também nada tem a ver com as porradas que me deu. Essa sensação me ocorre quando percebo, cravada em cima de mim, a transparência de seus olhos azuis. Um arrepio violento me corre pelas costas, e começo a tremer.

– Isso é ótimo para início de conversa – ele diz. – Talvez seu cliente tenha pisado na bola.

Na Caiçara, agora, toca outra do Rei, um dueto com Zeca Pagodinho: "Eu e ela, eu e ela". O Rei diz: "Mas rapaz, de onde você tirou essa?".

Meuquerido não está nem aí para a música. Nem podia estar: a vibe dele é outra.

– Chegou aos ouvidos do Gordo que nessa semana andaram, na São Carlos, uns homens querendo cooptar garotas e travestis. Cobrando propina e ameaçando. Que o território agora tinha outro dono. Ontem, uma garota foi levada até um lixão da Ilha das Flores e apanhou feito bicho. Teve que voltar a pé para Porto Alegre. Alguém deixou escapar que o bagulho agora é com o pastor. Com o pastor Ediraltino, que vai assumir a área...

Meuquerido faz uma pausa calculada. Depois pergunta, com uma voz que parece a do Wiliam Bonner mastigando duas barras de cereais ao mesmo tempo:

– O amigo sabe disso?

Imediatamente digo que não. Mas me lembro do interesse de Araceli pelo assunto, quando relatei a ela a briga por território na região. Podia estar armando contra o marido. Vá saber. Como diz a Camilinha, pra santa essa bispa não serve.

E reforço:

– Não, em hipótese alguma. Se é intenção dele, não é de meu conhecimento.

Meuquerido me mira de um jeito que me dá medo. Está com raiva ou finge muito bem.

E diz:

– Também têm telefonado com insistência a comerciantes da região. Querem propina em troca de segurança. Alguns responderam que já haviam pagado o combinado da semana ao Gordo. Mas não quiseram saber. Disseram que o Gordo não apitava mais lá e dobraram o valor da propina. E com ameaças. Hoje, três lojas da São Carlos amanheceram depredadas. Logo que abriram as portas, os proprietários receberam telefonemas. Os caras se identificaram como emissários do novo dono do território. E disseram que agora ia ser assim. Primeiro, perdas materiais. Depois, a cabeça.

Meuquerido acha que vou dizer algo e segura a voz. E me encara.

– O que o amigo tem a dizer sobre isso? – ele pergunta.

Vacilo antes de responder. Acho bom manter a mesma forma de tratamento e chamá-lo de amigo.

– Eu não vou mentir ao amigo...

Ele me interrompe com a voz do Bonner, agora dando o boa-noite na abertura do *Jornal Nacional.*

– Eu não o aconselharia.

Tomo um gole. E na Caiçara, dê-lhe "Eu e ela", com o Rei e Zeca Pagodinho.

Eu procuro não gaguejar. E consigo.

– Como relatei ao amigo naquela noite no El Trocadero, eu estava como detetive, que é a minha profissão. É só o que faço na vida. Nada mais que isso. Fui contratado para localizar o filho do pastor. Tão somente isso, posso lhe garantir.

– E como achou que poderia encontrá-lo lá?

Meuquerido também usa a ênclise com naturalidade.

E eu:

– Uma amiga, que trabalha na noite, o reconheceu pelas fotografias deixadas comigo pelo pastor. Disse que fazia pista na São Carlos. Aí fomos atrás.

– Entendi.

– Lá na São Carlos fomos informados de que alguém no El Trocadero, talvez um garçom, poderia nos dar alguma pista. Foi aí que nos encontramos.

Enquanto falo, Meuquerido vai movimentando a cabeça, como quem concorda. De concreto, isso não quer dizer nada. Mas me dá um certo alívio.

– Falaram com quem lá?

– Com a Luana Gaúcha.

Ele movimenta a cabeça, em acordo.

– É, parece que a história fecha.

Vou ficando aliviado.

Meuquerido seca sua garrafa e vai até a geladeira pegar outra. Pergunta se quero uma também. Eu aceito. Ele me entrega a garrafa já aberta. É mesmo um queridão. Antes, teve o cuidado de colocar as duas tampas no recipiente de lixo reciclável. Não fosse as porradas que me deu, eu diria que Meuquerido é também um sujeito civilizado.

Ele senta-se.

– E você já entregou o serviço ao pastor?

Respondo que sim. E uma lâmpada cheia de luz se acende na minha cabeça. Digo que tenho o relatório no computador e uma cópia impressa. Me levanto para pegá-la, será uma prova de que não minto. Mas ele me interrompe. Faz sinal para eu me sentar de novo.

E diz:

– Não precisa.

– Mas, se ler, o amigo vai ver que me limito a contar ao pastor apenas aquilo. E dou o trabalho por encerrado.

Ele me interrompe mais uma vez.

– Nós sabemos – faz uma pausa, olha o relógio de pulso. E continua, como se lesse um texto no teleprompter: – Conforme eu disse inicialmente, o Gordo é um sujeito humano. E ético. À maneira dele, mas ético. Ele entende que na vida cada um faz o seu trabalho. Certo ou errado, cada um faz o seu trabalho. O que não pode, e aí é que entra a questão ética; o que ele não aceita é um se meter no que o outro faz. Você é um profissional. Fez o seu trabalho. Se, por hipótese, o prejudicou, o que nem parece ter sido o caso, não foi com a intenção de se intrometer no que a ele diz respeito. Quando isso acontece, ele apenas dá o recado. Dá um toque pro sujeito saber onde os dedos repinicam nos botões da gaita-ponto. Me entende?

Claro que entendo. Aquelas palavras do Meuquerido me faziam tão bem que eu até já o havia perdoado pelas porradas. Mais um pouco e eu dava nele um abraço de quebrar costelas.

Meuquerido continua:

– No território dele, só ele manda. O Gordo é gente fina, tem o coração do tamanho de um trem. Mas se transforma num problema quando alguém se mete nos negócios dele. Pena que o pastor ainda não tenha se dado conta disso. Quando entender, pode ser tarde demais. O amigo concorda?

– Sim, perfeitamente.

"Mas não serei eu que vou avisar o pastor", pensei, sempre me cuidando para o Meuquerido não ouvir o meu pensamento.

Ele continua, depois de uma pausa, como se tivesse parado para escutar a voz prudente do cérebro.

– Mas eu vim mesmo aqui, meu caro Almendino Boccanera, para uma única pergunta.

O jeito dele de falar e me olhar voltou a me dar medo. Ele sabia até meu primeiro nome, que eu escondia até da minha própria mãe.

– O amigo tem conhecimento... – e outra vez fico com a impressão de estar ouvindo a voz do Bonner anunciando em rede nacional a revelação do terceiro segredo de Fátima. – O amigo tem conhecimento dos motivos que levaram o pastor a procurar pelo filho? O pastor lhe disse o porquê de querer reencontrá-lo?

Não pensei muito. Nem precisava.

– Não disse. E eu também não perguntei. Respeito a intimidade do cliente. Nosso acordo foi apenas para eu encontrá-lo. Mas também não sou uma ilha deserta, desconectado do mundo. Tenho as minhas desconfianças.

– Entendo. O Gordo também tem as dele.

Fico com medo de dizer mais que o suficiente, e me calo.

– Está certo – diz Meuquerido, levantando-se.

Vai até a janela, olha para baixo. Tira o telefone do bolso e digita um número.

– Paixonite! Oi, escuta. Terminei aqui. Já estou indo, ok?

Vejo que ele faz sinal para alguém na frente do prédio, lá embaixo. "Paixonite", eu penso. A turma do Gordo Epifânio gosta de apelidos fofos ou ligados às plenas atividades afetivas do coração. Um pequeno contrassenso, vamos admitir, se confrontados com o hábito de esquartejar infiéis e chegar batendo em rins e queixos alheios sem avisar.

Meuquerido, ou Queridão, larga a garrafa sobre a mesinha de centro e estende a mão para se despedir.

– Dá um abraço na Sidy Crawford – ele diz, me apontando o queixo, que volta a me lembrar o movimento de um carregador de retroescavadeira sendo erguido.

E me bate um súbito tremor nas pernas. Mas ele não percebe. Tento me controlar. Tudo o que não quero é que algo de ruim aconteça à Camilinha.

– Como disse antes ao amigo – ele continua, com uma serenidade que me impressiona, tendo ele já me arrebentado o esqueleto duas vezes –, o Gordo, além de humano, é também um homem ético. Se Sidy Crawford quer seguir outro caminho, deve ter liberdade para isso. Desde que não o atrapalhe em seu território. Ou não passe a jogar no time do inimigo.

Eu faço que entendo.

– Deseje boa sorte a ela, por favor.

Meuquerido sai e me jogo no sofá.

Ainda ouço a voz do Bonner além da porta, à espera do elevador:

– Paixonite, tô descendo.

O rim parou de doer. O queixo dói um pouco, mas aquilo não é nada perto do que imaginei quando o Meuquerido passou pela porta e me desferiu o primeiro direto de esquerda. Mas a vida é assim. E a coisa se complica mesmo é quando começamos a priorizar uma dor em relação à outra, que podia ter sido pior.

Passo um Whats para a Camilinha e peço que não se demore. Mais do que tudo, preciso agora é de um ouvido para me ouvir. Ela responde que está saindo do super. Respiro aliviado por todos os motivos. Mas o principal é que ela está bem. Sã e salva. E está vindo para fazermos companhia um ao outro.

19

Nada foi levado das vítimas. A polícia, portanto, trabalhava com a hipótese de execução. E essa era a charada.

A estrada é uma linha reta e sem fim, que se estende entre duas metades de campo até onde o olhar alcança. Teremos mais de quinhentos quilômetros pela frente, até Porto Alegre. Mas quando estamos voltando para casa, o caminho parece mais curto. E as horas não demoram tanto a passar.

Na vinda é que foi terrível. Estávamos exaustos, apesar das várias paradas para descansar e tomar café. Parecia que jamais chegaríamos ao nosso destino.

Hoje, antes de voltar, passei em Paso de los Libres, no outro lado da fronteira, para comprar bebidas. Os preços são bons, os dólares ganhos de Ediraltino e Araceli, melhores ainda. E daqui para frente, não sei se outra vez vai cruzar o meu caminho de pecador uma clientela tão especial, de mão tão aberta e temente a Deus como Araceli e Ediraltino.

Pensando bem, nunca. Essa é a triste verdade.

Na nossa frente, vai a ambulância com a mãe de Camilinha. Seu problema é grave, viajamos às pressas. O irmão gaudério telefonara dando a notícia. Camilinha organizou tudo para ela ir se tratar em Porto Alegre. Há mais recursos e mais possibilidades de cura, embora a situação seja grave, quase perdida. A mãe demorou muito antes de procurar recursos.

Camilinha quer cuidá-la, mas a opção de voltar a Uruguaiana ela recusa, sem conversa. Melhor é irem para Porto Alegre. A mãe vai fazer quimioterapia na Santa Casa. E ficará no apartamento da filha até se recuperar. Depois, irá para a casa do irmão, em Uruguaiana.

Enquanto a mãe não se curar, não poderá receber clientes em casa. O esquema de motéis não é ruim. Até mais seguro, ela acha. Mas essa é outra história, sobre a qual pensará depois, quando as coisas forem se resolvendo.

Enquanto dirijo, Camilinha dorme. Olho o relógio e faço meus cálculos. No fim da tarde, estaremos em Porto Alegre. Poderia ir mais rápido, mas tenho que acompanhar o tranco da ambulância à nossa frente.

O Pampa se estende nos dois lados da estrada. Para qualquer lado que se olhe, só se vê campo, gado pastando, horizonte e alguma casa branca, igual a uma miragem, flutuando na imensidão do espaço. Dirigir assim é monótono e cansativo. Ligo o rádio para ver se ouço alguma novidade nas notícias da hora. Nada de novo, só a notícia de que um vírus surgido na China ameaça se espalhar pelo mundo. A China fechou uma cidade inteira de um milhão de habitantes, países da Europa começam a tomar providências e no Brasil os médicos já imaginam o pior. O governo acha que é uma bobagem se preocupar com algo impreciso, que está tão longe.

Simone Guerino me ligou antes de sairmos. Está preparando uma grande matéria sobre o caso Ediraltino. Mas tenho segurado algumas informações. Nao é por sacanagem com ela. É uma questão de segurança pessoal. Na nossa última conversa, o Meuquerido deixou tudo muito claro. Pelo menos, eu entendi assim.

A partir de agora, todo cuidado é pouco. Qualquer palavra que possa ser entendida pelo Gordo como tentativa de interferir no território dele eu engulo. E seguro até onde posso. É a vida. Não dá para dar uma de bacana e acordar no dia seguinte com a boca cheia de formigas.

O fim de semana seguinte à visita de Meuquerido ao meu apartamento correu sem novidades. O rim me doeu bastante, depois a dor foi aliviando aos poucos. Isso é assim mesmo. Com outras dores bem piores eu já aprendi a conviver. As latejadas no rim eram nada perto daquilo. Até convidei a Camilinha e fizemos algo inédito. Preparamos uns sanduíches de presunto e camembert, enchemos um isopor de cervejas e fomos bebê-las na orla.

A segunda-feira, no entanto, chegou como se fosse uma treva. A Simone Guerino me ligou de madrugada para contar.

O pastor Ediraltino acabava de ser assassinado numa ação cinematográfica. Ele e seu motorista, que nada tinha a ver com o peixe, estavam perfurados com mais de duzentos tiros, a rajadas de metralhadoras. À semelhança dos mafiosos de Dom Corleone e Al Capone, no século passado.

Ediraltino e seu motorista saíram do estacionamento da igreja, na Avenida Mauá, por volta das onze da noite. No meio do túnel da Conceição, um carro lhes cortou a frente. Dois homens desceram e metralharam Ediraltino e o motorista, que ficaram virados numa peneira. Ali mesmo, o carro foi abandonado. Os dois homens subiram nas garupas de duas motos que os acompanhavam e fugiram na direção da Osvaldo Aranha. Vinte e quatro horas depois, as motos foram encontradas queimadas num matagal da Ilha da Pintada.

A polícia ainda não encontrara qualquer pista que a levasse aos assassinos. As motos foram incendiadas, e o carro virado do avesso. Havia sido roubado dois dias antes, e nenhum vestígio dos assassinos foi encontrado. Algumas coisas, no entanto, já estavam descartadas. Nada foi levado das vítimas. A polícia, portanto, trabalhava com a hipótese de execução. E essa era a charada. Quem teria interesse em executar o pastor Ediraltino Canassanta?

Lembro-me da conversa com o Meuquerido e pergunto, cá comigo: será que o Ediraltino tinha sido tão ingênuo a ponto de medir forças abertamente com o Gordo Epifânio por causa do filho, sem qualquer precaução com a segurança pessoal? Pensava e repensava e concluía a mesma coisa. Ediraltino não era ingênuo, isso não podia ser negado. E também lembrava o que Araceli me dissera dele. Era um homem obstinado, movido a teorias da conspiração, que se sentia credor de Deus e autorizado a fazer o que bem entendesse sob Sua proteção e bênção. Para Ediraltino, Deus lhe devia obrigação. E com isso, com a sensação de poder que lhe dava a amizade com o presidente, podia se sentir apto a todo e qualquer ato de loucura.

Enfim, vai saber o que se passa na cabeça desses pastores, incluindo aí Feliciano Macedo e a própria Araceli, que também é do ramo. E do ramo tira seu sustento e alimenta a sua ambição, seja lá qual for essa ambição.

Mas, num lampejo de raciocínio, desses que surgem na nossa mente igual a um relâmpago cruzando o céu, penso em outra possibilidade. É algo a ser considerado. Alguém podia ter usado o nome de Ediraltino, à revelia dele, sem ele saber, para plantar uma situação de disputa por território, incompatibilizando-o com Gordo Epifânio, que, como a gente bem sabe, não admite ninguém se intrometendo nos seus negócios. Seria o crime perfeito. Eliminaria Ediraltino sem sujar as mãos de sangue, nem deixar impressões digitais. E Araceli podia estar no jogo, essa é a verdade.

Lembro-me de quando manifestei a ela, no nosso último encontro, a preocupação com o que Ediraltino pudesse fazer quando eu lhe passasse o relatório sobre Júlio César – matá-lo ou mandar matá-lo, por exemplo. "Deixa comigo", ela disse. "Tenho como neutralizá-lo. Eu conheço bem a peça."

De qualquer forma, a comoção era grande no país inteiro. Maior ainda eram as teorias nas redes sociais. Um prato servido quente e se derramando pelas beiradas, pedindo para ser devorado. Principalmente porque, poucos dias antes, o pastor Ediraltino, juntamente com o bispo Waldério Miracalva, havia realizado um culto de livramento para o presidente, com a presença do próprio, na Grande Igreja Universo Maior de Brasília.

Simone Guerino me pressionava por informações. Algumas coisas, que não me comprometiam, eu liberei. Mas a quente mesmo, que o Gordo Epifânio saía do Central todas as noites para ver o show da namorada Juliana Júpiter na Tijuana Dancing, essa morrerá comigo.

Simone fez uma matéria para o jornal, com cuidado para não me comprometer. Falava da rixa entre Ediraltino e

Feliciano Macedo. Do prestígio de Ediraltino com a eleição do novo presidente, por meio do bispo Waldério Miracalva, e do ciúme que isso causara em Feliciano, seu ex-colega de igreja e depois dissidente e inimigo. Lembrava da briga com o filho, da possibilidade de ser uma travesti que trabalhava na noite de Porto Alegre.

Foi uma segunda-feira muito tensa. Camilinha foi para o meu apartamento e de lá não saímos até o dia seguinte. Passamos o tempo inteiro indo e voltando da janela, onde cuidávamos o ambiente para ver se não víamos algum movimento estranho. O máximo que fiz foi ir ao mercadinho do portuga Evilázio, no térreo, comprar pão e ingredientes para cozinhar.

Assim, o tempo ia passando e a tensão, diminuindo. Mas certos temores permaneciam. Minha impressão era de que o Meuquerido entraria pela porta a qualquer momento para me brindar com um direto no rim. Aí, sim, sem generosidade. Por outra surra do Meuquerido eu não queria passar. Estava traumatizado. Era só ouvir a voz do Bonner na abertura do *Jornal Nacional*, dizendo "boa noite", que meu mundo caía. Sentia um ruidoso lavajamento descendo do intestino delgado para o grosso. E vice-versa, na mesma velocidade.

Num segundo plano, temia que alguém da turma do Ediraltino, ou do Feliciano Macedo, chutasse minha porta, achando que eu poderia saber de algo ou tivesse participação no assassinato. Loucura total, nem é preciso dizer.

Nesse meio-tempo, chegou a notícia da mãe de Camilinha. E isso serviu para desarticular um pouco os tentáculos da paranoia. Se não totalmente, nos ajudou a ocupar a cabeça com outro problema. Camilinha, então, decidiu que sua obrigação era cuidar da mãe. Mesmo não a tendo em alta conta, por causa de sua ausência e um descaso com ela ao longo da vida, cuidá-la era a sua obrigação de filha.

Ela queria ir a Uruguaiana de ônibus para buscá-la. Eu disse que não, nem pensar. Eu iria junto e a traríamos no meu carro. Camilinha se informou das formalidades para o tratamento na Santa Casa, enquanto José Carlos ia tomando as providências lá na cidade. Com tudo organizado, decidimos partir na manhã seguinte, cedo. Chegaríamos lá no meio da tarde.

Naquela altura, a treva com o assassinato de Ediraltino já não ocupava tanto nosso tempo. Mesmo assim, às vezes, um e outro ia à janela para ver se estava tudo em ordem. Fiz um jantar para nós, bebemos um pouco e fomos deitar. Queríamos pegar cedo a estrada no outro dia. Me deitei primeiro. Camilinha, como sempre, foi tomar banho. E, como sempre também, veio se deitar nua, o corpo úmido e cheirando a sabonete. Deitou e se encostou em mim. E eu fui recuando os quadris. Percebi que ela se divertia com meu retraimento. Depois aproximou os lábios do meu ouvido, carinhosa. Senti seu hálito quente, quando ela disse, num sussurro:

– Saudade da bispa, Boquinha?

Eu ri. E disse que não.

– Acho que, na verdade, estou é com medo dessa bispa. Isso, sim.

Ela enfiou o braço por baixo do meu pescoço e se aproximou. Seu corpo estava quente, como sempre esteve, e seu calor me deu um arrepio, que correu pelas costas e desceu. Camilinha passou o outro braço no meu pescoço, num movimento que terminou com um abraço. E senti também que seu sexo se aproximava do meu. E comecei a contrair os músculos.

O sexo estraga as amizades. E o amor também.

Ela subiu em cima de mim. E não tive como recuar. A não ser se a empurrasse para o lado. E isso eu já não queria mais fazer. Foi quando ouvi uns gritos ao longe. Talvez nas proximidades da chaminé do Gasômetro. Em seguida, o espocar de vários tiros, que se repetiram. Aproveitei para empurrar Camilinha, mas ela resistiu. E continuou em cima de mim.

– O que foi? – ela sussurrou.

– Os tiros – eu disse.

Ela aproximou ainda mais os lábios dos meus.

– Que tiros?

– Os tiros, lá fora. Você não ouviu?

Ela, então, foi baixando a cabeça lentamente até meu peito. Encostou o ouvido ali e ficou.

Depois disse:

– Não são tiros. É o teu coração.

Eu puxei sua cabeça para cima.

– De onde você tirou isso?

Ela sussurrou.

– Como assim? Tirei isso o quê?

– Que é o meu coração...

– Tirei de lugar nenhum, ora. Da minha cabeça.

Eu ri, rendido, e a beijei na boca, como ela queria.

Camilinha deve ter visto *Casablanca* em alguma sessão da tarde e não se lembrava.

Na manhã seguinte, acordamos cedo para a viagem. Foi aí que tive a ideia de ligar a televisão. Estava na hora do programa ao vivo do Ediraltino. Eu poderia ter previsto aquilo. Mas juro que jamais me passara pela cabeça. Lá estava ela, Araceli, no púlpito, pregando para os fiéis, com a mão sobre a Bíblia.

– Não te deixes enganar pelo Satanás, irmã! O rock leva ao sexo, que leva ao aborto, que leva ao satanismo!

Fiquei imóvel por um tempo. Só readquiri a plenitude da consciência quando ela anunciou a presença de um amigo no programa. Estava ali para orarem juntos pela memória do querido pastor Ediraltino Canassanta.

– Querido irmão Feliciano Macedo, por favor.

Foi quando senti passos às minhas costas. E logo o corpo nu de Camilinha se encostando no meu, que também estava nu.

– Viu só? – ela disse. – Essa bispa pra mim nunca foi santa, Gatinho Rom-rom. Só falta ver Jesus trepado na goiabeira, tá ligado?

Nosso carro desliza no calor do asfalto, sob o sol quente do verão. Eu olho para a frente, para a estrada que parece não ter fim, e vejo-a engolida pelo horizonte distante. Corta o Pampa ao meio, como se fosse uma cena de pura imaginação. Sob o asfalto, diante do carro, aquela imagem desfocada pelo calor é um meio-termo entre o real e o fantástico. É um ponto parecendo ao alcance da mão, ali tão perto, mas no qual a gente nunca toca, por maior que seja a nossa velocidade. É algo parecendo concreto, materializado, mas que não passa de uma atordoante ilusão de ótica. Como uma ilusão de ótica parece ser o Pampa inteiro naquelas circunstâncias, enquanto voltamos para casa sem saber como ela estará ao abrirmos a porta para entrar.

Ainda temos muito chão pela frente até Porto Alegre. Respiro fundo para relaxar os músculos. A ambulância segue na nossa frente, no seu ritmo vacilante. Andamos mais um pouco e me viro para Camilinha, que continua dormindo, com a cabeça levemente inclinada para o lado oposto.

E penso no que teria sido a minha vida sem ela para me ouvir quando preciso e me apaziguar o espírito quando o destino, que quase sempre é cruel, bate à porta. E seguimos estrada afora, atrás da ambulância, abrindo caminho na imensidão extraordinária do Pampa.

Mesmo envolvido até o pescoço com o caso da mãe da Camilinha, nunca me apagou da ideia a imagem sórdida de Araceli na televisão, bandida e santa, assumindo o comando do programa de Ediraltino. Era mesmo muito pilantra, essa era a inegável verdade, cantada pela Camilinha desde o início do nosso caso. Me sentia usado, embora, reconheço, tenha sido muito bem pago em todos os imagináveis e inimagináveis sentidos.

Também me atormentava a imagem de Canassanta crivado de balas, assassinado friamente sem chances de se defender. Não vou negar, percebo isso agora, que, depois da sua morte, nasceu em mim um certo apreço por sua alma penada. Era um bandido, mas sempre foi correto comigo. Disso não posso me queixar.

Juntamente com essa sensação desconfortável, de algo me pesando na fragilidade da consciência, uma grande mágoa me abalava a sanidade do espírito em relação a Araceli. Ela me usou de forma torpe para executar a perfídia do seu plano. Não fosse a Camilinha – que agora, mais do que nunca, é o algodão entre os meus cristais –, não fosse a Camilinha eu hoje seria um homem destruído pela mágoa e pelo ressentimento.

Ao chegar a Porto Alegre, a primeira coisa que faço é ligar para Simone Guerino. Ela atende o telefone, me diz que está na correria de fechamento do jornal. Mas compreende que, para eu ligar àquela hora, é porque tenho coisa boa para contar. Chamo-a para uma conversa na orla. Desço e não é preciso esperar muito, ela chega em seguida. E lhe passo toda a letra sobre minhas conclusões, para uma nova matéria. A morte de Ediraltino era consequência de um plano diabólico da bispa Solange para ocupar o lugar do marido no comando da igreja. Juntamente com o comparsa Feliciano Macedo, armou todo o roteiro, nos mínimos detalhes, desde a chantagem sobre o filho travesti, cuja existência ela mesma entregou ao inimigo, passando pela minha contratação para localizá-lo, até espalhar no território de Gordo Epifânio o boato de que Ediraltino estava declarando guerra para assumir o controle da área. Foi o crime perfeito. O Gordo fez o serviço por ela, que não apenas saiu livre de qualquer suspeita, como não deixou impressões digitais no local do crime. Lembro que num dos nossos encontros, quando toquei no assunto da briga por território no Centro Histórico, ela ficou interessada, fez muitas perguntas, mas sempre dissimulando para eu não sacar sua intenção. Fui um inocente útil mergulhado no meio da lama. Posso estar errado, mas essa é a minha conclusão definitiva.

Simone Guerino fechou comigo. Vai seguir esse caminho para puxar o fio da meada. E depois ela que vá se ver com a bispa. Negocio uma forma de os fatos serem relatados sem a menção de que houve um detetive na parada como fio condutor do andamento e desfecho da trama. Por garantia, eu preciso ficar longe da briga. Quanto ao Gordo Epifânio, o crime ser atribuído a ele até será bom. Será mais um caso para exibir no seu currículo de imposição de poder, terror e medo. Minha preocupação era com a cretina da bispa que podia querer vingança.

A Simone é parceira, vai me preservar, tenho certeza. Hoje é o meu dia, amanhã pode ser o dela.

Porto Alegre e
Parque Eldorado

IMPRESSÃO:

PALLOTTI
GRÁFICA

Santa Maria - RS | Fone: (55) 3220.4500
www.graficapallotti.com.br